Barbara Noack

Auf einmal sind sie keine Kinder mehr

Barbara Noack

Auf einmal sind sie keine Kinder mehr oder Die Zeit am See

Novelle

Langen Müller

Illustrationen von Wilhelm M. Busch

Verlagsredaktion: Dr. Bernhard Struckmeyer
Umschlaggestaltung:
Zembsch' Werkstatt, München,
unter Verwendung eines Fotos von Freddie
Vogt/ELTERN
Satz: VerlagsSatz Kort GmbH, München
Druck und Binden: Mohndruck, Gütersloh
Printed in Germany 1978
ISBN 3-7844-1716-7

Gleich am Einzugstag, beim Auspacken der Bücherkisten, schaute ich zufällig einmal aus dem Fenster und sah einen Knaben vom Nebengrundstück über zwei quergenagelte Bretter im Lattenzaun steigen und auf unserer Seite zwischen die Büsche plumpsen.

Das war der Joschi, damals elf Jahre alt.

Im Hof traf er sich mit einem Jungen aus dem Hause. Gemeinsam betrachteten sie meinen vor der Garage parkenden Wagen mit der Berliner Nummer.

»Saupreißin«, sagte der Ältere, der Bill hieß und ein zugezogener Amerikaner war. »Der werden wir's zeigen.«

Darauf traten sie mit den Hacken in meine Reifen. Nochmal und noch einmal – haarscharf am Kotflügel vorbei, voller Bedauern vorbei, sie hätten zu gerne, aber ihnen fielen noch rechtzeitig die Reparaturkosten ein und der damit verbundene Ärger

mit ihren Vätern. Ich riß das Fenster auf und brüllte:
»Seid ihr noch zu retten?« auf sie nieder. Bill grinste nur und verzog sich, einen Kiesel wie einen Fußball vor sich herdribbelnd, Richtung Garten.
Joschi war neben meinem Wagen stehengeblieben und sah herausfordernd zu mir hoch – rot vor Zorn. Wie kam ich dazu, ihn anzubrüllen? Wer war ich denn? Eine Zugereiste. Ein Eindringling.
Am selben Tag begegneten wir uns auf der Uferpromenade. Ich führte den Hund aus, und Joschi radelte mit hocherhobenem Sterz an mir vorüber. Und schaute nicht etwa fort, nein, er bremste sein heftiges Tempo und suchte meinen Blick, um all seine Verachtung in ihn hineinzukippen.
Ich kippte zurück, was sehr unklug von mir war, denn ich mußte an Philip denken,

meinen Sohn, der zu Beginn der Osterferien hier anreisen würde.
Der Abschied von Berlin fiel ihm schwer genug. Es war ja nicht nur Abschied von einer vertrauten Umgebung, in der er gern gelebt hatte, von einem geräumigen Haus zum Toben, von all seinen Freunden, sondern vor allem der Abschied vom ständigen Zusammenleben mit seinem Vater.

Abends telefonierte ich mit ihm. Er wollte wissen, ob sich sein Hund schon eingelebt hatte. Danach die bange Frage »Und sind da Kinder, wo wir jetzt wohnen? Und sind die nett?«
»Sicher«, sagte ich, »du wirst schon sehen.«
Ich dachte an Bill und Joschi. Wenn sie mit Philip genauso umgehen würden wie mit meinen Autoreifen . . .

Gemeinsam mit seinem Spaniel Sascha holte ich ihn vom Flughafen ab. Sein Vater begleitete ihn, um sich unser neues Zuhause anzuschauen.
Sascha, im Gefühlsleben durch keine Hemmungen gebremst, bellte vor Glück, seine kleine Familie wieder beisammen zu haben, die Lautsprecheranlagen nieder. Kein Mensch im Umkreis verstand, welche Maschine gerade aufgerufen wurde.
Ein Flughafenfotograf hat die Szene festgehalten: Hund beißt in Philips neue, auf Zuwachs gekaufte Cordhosen. Philip, sehr schmal, weißblond in einem ausgewachsenen Trenchcoat, schaut verlegen in die Kamera.
Aus seinem vertrauten Milieu gerissen, bei abgedrehtem Mundwerk, wirkte er fast zart.
Wir fuhren über die Autobahn in unser neues Domizil. Ich zeigte ihm sein Zim-

mer in der kleinen Etagenwohnung und den Blick auf den See mit seinen braunschilfigen Ufern und dem langen Steg. Um diese Jahreszeit, es war Ende April, lag er noch breit und unberührt da. Durch das nackte Geäst der Bäume schimmerten die Alpen mit Neuschnee.

»Ist das nicht schön hier?« fragte ich, um Anerkennung besorgt.

»Ja, danke«, sagte er, von nun an beängstigend höflich und still, »ein bißchen wie der Wannsee.«

Nach dem Mittagessen ging er allein in den Garten hinunter und lernte den ersten Jungen kennen. Mit Pistole. Hansi hieß er, leider war er erst fünf. Philip war immerhin schon neun.

Sein Vater mußte zurück nach Berlin.

Bei diesem Abschied auf dem Flughafen wurde Philip wohl zum ersten Mal be-

wußt, daß die Reise nach Oberbayern kein Osterausflug gewesen war, sondern etwas Endgültiges.
Seine Eltern hatten sich vor einem Monat getrennt, nachdem sie eingesehen hatten, daß es besser für ein Kind ist, in einer friedlich geschiedenen als in der äußerst gespannten Atmosphäre einer kaputten Ehe aufzuwachsen.
Um ja nichts gegen seinen Wunsch zu entscheiden, hatten wir Philip sogar gefragt, ob er wirklich mit mir nach München gehen, wo ein guter beruflicher Vertrag auf mich wartete, oder lieber bei seinem Vater in Berlin bleiben wollte.
Es war die törichteste Frage, die wir ihm hatten stellen können, das ersahen wir aus seiner gequälten Antwort. »Was immer ich jetzt darauf sage, einer von euch ist traurig. Und das ist Papi.«

Er war voller Erwartungen auf das Neue nach Bayern gekommen. Nun war er enttäuscht.
Wie sehr, hat er mir nicht gesagt aus Rücksicht auf meine Bemühungen, es ihm schön zu machen.
Das Fremde bedrückte ihn. Es gab zwar zwei größere Jungen hier, Billy und Joschi, aber die schauten durch ihn hindurch, als ob er gar nicht vorhanden wäre. Außer dem fünfjährigen Hansi gab es nicht einen Jungen im Umkreis, so viel hatte er schon herausbekommen.
Somit war er auf seine ständig in beruflichen Terminnöten lebende Mutter angewiesen und auf seinen Hund.
Ein Glück, daß wenigstens Sascha mit umgezogen war. Auch er hatte seine Probleme mit der neuen Umgebung.
Dreiviertel des Tages lag er auf dem Balkon mit der Schnauze zwischen den Gittern

und dem sehnsüchtigen Blick ins Grüne.
In Berlin waren seinem Freiheitsdrang keine Grenzen gesetzt gewesen – davon zeugten die Buddelstellen unterm Zaun.
Nun war er Etagenhund, der nicht einmal frei über Land gehen durfte wegen der Tollwutgefahr.
Da gab es so viel grüne Weite voller Gerüche und Fährten – alles umsonst.
Er litt unter seinem unerlösten Freiheitsdrang. In seinen Träumen holte er mit zitternden Lefzen und wild rudernden Pfoten verhinderte Abenteuer nach.
Am liebsten hätten sich beide eine Rückfahrkarte gekauft.
Philip überstand den Abschied von seinem Vater mit tapferem Grinsen.
Erst auf der Heimfahrt vom Flughafen schüttelte ihn ein kurzes Schluchzen, das er in seinen Ärmel wischte. Es war ihm peinlich, aber was sollte er machen?

»Ich hab ihn doch so gern.«
»Du kannst Papi immer sehen. Pfingsten fliegst du nach Berlin . . . Pfingsten ist ja bald . . .«
Wir gingen Hähnchen essen und Eis. Er durfte sich alle Comics kaufen, die er haben wollte.
Gemeinsam standen wir vor den Ansichtskarten im Schaufenster eines Fotogeschäftes.
Wenigstens auf Ansichtskarten wollte ich ihn bekannt machen mit dem landschaftlichen Zauber seiner neuen Umgebung, der seit Tagen im Grau eines blasigen Dauerregens unterging.
Aber welchen Neunjährigen interessiert schon Landschaft!?
Einmal schaute Philip auf seine Armbanduhr und sagte: »Jetzt ist Papi schon zu Haus.«

Von meiner Schreibmaschine aus konnte ich ein Stück des Hofes überblicken und jenen heckenumwucherten Zaun mit den zwei quergenagelten Stufen, die aus der Zeit stammen mochten, als die Kinderbeine noch zu kurz zum selbständigen Überklettern gewesen waren. Und eines Nachmittags schwang sich Joschi herüber, um den großen Bill zu besuchen. Bill war nicht zu Haus.

Nur Philip. Er kickte einen Fußball gegen das Garagentor, wieder und wieder, es klang demonstrativ in meinen Ohren, so: Was soll ich denn sonst hier alleine machen!?

Er hatte Joschi wohl gesehen, wartete jedoch ab. Philip ließ immer die anderen zuerst kommen, das war so seine Art.

Nun wußte Joschi nicht, was er machen sollte. Mit der Skepsis und Wachsamkeit eines Hundes, der einem fremden Artge-

nossen begegnet, strich er um die Garage herum, bereit, beim ersten warnenden Lefzenheben des Fremdlings, der in sein ureigenes Revier eingedrungen war, schneller anzugreifen als dieser.
Joschi lebte seit seiner Geburt im Haus nebenan mit dem frühzeitig erworbenen Eigentumsbewußtsein der Alteingesessenen.
Einerseits hätte er Philip gern fortgebissen, andererseits gab es keine Jungen akzeptablen Alters im Umkreis. Ein Zuzug von neun Jahren bedeutete immerhin eine Bereicherung. Man sah ihm an, wie schwer es ihm fiel, den Anfang zu machen.
»Du schießt ganz falsch«, sagte er abfällig.
Philip kickte stur weiter. »Ich mach das so, wie ich will.«
Und Joschi, nach einer längeren Pause: »Laß mich mal.«
Philip überließ ihm den Ball und sah zu,

wie Joschi ihn gegen das hölzerne Garagentor donnerte.
»Auch nich anders wie ich«, meinte er dazu und war nun wieder mit Kicken dran.
Im Parterre wurde ein Fenster aufgerissen, und eine entnervte Frauenstimme verlangte: »Ruhe! Das ist ja nicht zum Aushalten!«
Einen Augenblick lang standen die beiden Buben unschlüssig voreinander. Wie sollte es nun weitergehen? »Ich weiß, wo die Schwäne ihr Nest bauen«, sagte Joschi schließlich.

Ein Boot schlenkerte in Schlangenlinien über den See. Das lag an Philips ersten Ruderversuchen. Er mühte sich verbissen mit den langen Paddeln ab. Joschi hockte im Bug und hielt sich den Bauch vor Lachen über so viel Hilflosigkeit.
Philip hob ein Paddel aus dem See mit der

Absicht, das schadenfrohe Lachen totzuschlagen.
»Wenn du denkst, ich bin zu doof zum Rudern, dann biste auf'm falschen Dampfer!« schrie er dabei.
Wer weiß, wie ihr erster Streit ausgegangen wäre, wenn nicht der Schwan flügelrauschend auf ihr Boot zugeschossen wäre. Die Furcht vor seinem zischenden Zorn einte beide Jungen auf dem nassen Boden des Kahns, der nun ruderlos mit der Strömung trieb bis unter unseren Steg. Dort verfing er sich zwischen den Pfosten, das war ihr Glück.
Der Schwan verfolgte sie, schwamm wachsam um sie herum. Sobald einer den Kopf hochzustrecken wagte, um nachzuschauen, ob er noch da war, hob er sich aus dem Wasser wie ein Düsenjäger beim Start und »kchchchchte«. Und hatte so viel Ausdauer. Und keine kalten Füße.

»Sauviech, undankbares«, schimpfte Joschi mit der Nase in der Kahnpfütze.
»Wieso undankbar?« fror Philip.
»Weil hab ich ihn den ganzen Winter gefüttert.«

So fing das mit den neuen Nachbarn an.

»Du machst das ganz falsch!«

Wenn Bill mitten im Hof an sich selber lehnte, verbreitete er Lebensüberdrüssigkeit. Sein brünettes Auge schien sich vor allem zu ekeln, was ihm als Anblick zugemutet wurde. Mit vierzehn hatte er das Leben satt.

Joschi beneidete ihn voll stiller Bewunderung um seine Weltverachtung, ohne selbst an ihr teilzunehmen, geschweige denn sie zu begreifen. Er fand das Leben schön.

Ab und zu raffte sich Billy zu etwas auf, was er als eine positive Unternehmung bezeichnete, das heißt, er stellte etwas Schlimmes an, lieber noch, er ließ anstellen. Auch der kleine Hansi mußte ab und zu was Schlimmes für ihn tun. Dafür bezog er von seinem Vater Keile, darauf verriet er den Namen des Anstifters, darauf bezog Hansi nochmal Keile vom Billy fürs Petzen. Aus Rache pinkelte er in Billys Boot.

Billy paßte Joschis Umgang mit Philip nicht. »Wir haben doch ausgemacht, daß wir mit dem Preußen nicht spielen wollen.«
»Er ist ganz nett«, gab Joschi zu bedenken.
»Trotzdem. Ehe er uns nicht bewiesen hat, daß er würdig ist, mit uns zu verkehren, guckst du ihn nicht mehr an. Verstanden?«
Joschi gehorchte. Schließlich hatte der große Bill das Sagen im näheren Umkreis. Und Philip spielte wieder allein.

Über Nacht deckte tiefer Schnee den weiß und gelb und blau blühenden Frühling zu. Philip kramte seinen Rodelschlitten aus dem Keller und traf im Hof auf Bill und Joschi.
»Du, komm mal mit«, sagten sie zu ihm. Er folgte ihnen in den Garten. Seinen schlenkernden Sprüngen sah man die Erleichterung an, wieder mitspielen zu dürfen.
Aber Spielen war nicht geplant. Die beiden Großen verlangten Mutproben von ihm. Ich sah plötzlich eine Tannenkrone ungewöhnlich schwanken und ihre Schneehaube stäubend abschütteln.
Aus der Baumspitze rief Philips atemlose Stimme: »Bin oben.«
»Okay«, sagte Billy lässig, »kannst wieder runterkommen.« Und überlegte, als Philip aus dem glitschigen Geäst abwärtsrutschend mit einem Plumps zu seinen Füßen

landete: »Was nun mit dem Preußen?« Joschi hatte eine Idee. Er holte seine Skier und fuhr den steilen Abhang hinunter. Auf der Hälfte wurde dieser von einem Weg durchkreuzt, der zu einer Sprungschanze ausgebaut worden war.
»Jetzt du«, sagte Billy zu Philip.
»Aber ich kann nicht Ski laufen!«
»Dann wird's Zeit, daß du's lernst! Oder fürchtest du dich? Joschi, was sagst du, der Preuße traut sich nicht!«
Der Preuße ließ sich die Skier unterschnallen, die Bindungen paßten nicht, es war sowieso egal.
Joschi gab ihm einen Schubs, und Philip schoß abwärts, kam auch noch über die kleine Schanze, hob ab und mußte anschließend am Kopf genäht werden.
Aus diesem Grunde wurde die nächste Mutprobe auf den folgenden Tag verschoben.

Weil der Nachmittag aber noch eine Stunde bis zum Dunkelwerden enthielt, verlangten sie eine Geschicklichkeitsübung von ihm. Dazu mußte er fünf rohe Eier aus unserem Kühlschrank verschwinden lassen.

Beim Abendbrot fragte ich ihn: »Was hast du denn mit den Eiern gemacht?«

»Wir waren auf dem Bahndamm und haben damit den Eilzug beschmissen.« Er wartete, leicht besorgt, meine Reaktion ab. Ich verpaßte den spontanen Moment für eine wirkungsvolle Beanstandung, weil ich mir erst optisch vorstellen mußte, wie das war – rohe Eier gegen einen Zug ballern. »Alle fünf?«

». . . und die, die Joschi bei sich geklaut hat. Ich habe drei Abteilfenster getroffen – platsch!« Er genoß nachträglich noch einmal die eindrucksvolle Wirkung. »Joschi hat fünf Fenster, davon zwei erster Klasse.

Aber er meint, meine drei wären für den Anfang ganz gut.«

»Was heißt für den Anfang!? Das machst du nie wieder, verstanden? Wenn sie euch dabei kriegen!«

»Können sie gar nicht. Müssen sie ja die Notbremse ziehen.«

»Und Bill?« fragte ich.

»Hatte Pech.«

Das freute mich.

»Du traust dich nicht, ins Wasser zu gehen bis zum Hals«, sagten Bill und Joschi am nächsten Tag.

Philip traute sich wirklich nicht, ihm grauste vor kaltem Wasser. Mein Versuch, ihn nach seinem abendlichen Warmbad mit einer kalten Brause abzuhärten, war in brüllendem Protest untergegangen. Philip wollte nicht abgehärtet werden. Er liebte es schön warm und gemütlich.

»Wieviel Grad hat denn der See?« erkundigte er sich, bedrückt am verschneiten Ufer stehend.
»Na – so acht vielleicht«, sagte Joschi.
»So wenig?«
»Tust du es nun oder nicht?«
»Aber nur, wenn ihr auch mitgeht«, sagte Philip.
Billy fiel noch rechtzeitig ein, daß er mit seinem Freund Kurti verabredet war, und verduftete.
Joschi seufzte: »Ja, mei – wanns di net allein traust . . .« Aber vorher holte er sich noch seine Handschuhe.
Und dann marschierten sie Schritt für Schritt in den eisigen See bis zum Kragen.
Fünf Minuten später läutete es Sturm an unserer Wohnungstür. Vor ihr stand mein Sohn – schlotternd, pfützend, aber unheimlich zufrieden mit sich selbst. Er hatte es geschafft.

»Ich hoffe, das war jetzt die letzte Mutprobe«, sagte ich und ließ ihm ein heißes Bad ein.

Am selben Abend betrat Joschi zum ersten Mal unsere Wohnung. Er sagte: »Grüß Gott« und lachte mich an. Ich lachte zurück, und niemand wäre bei unserer Begrüßung auf die Idee gekommen, daß wir uns schon länger vom gegenseitigen demonstrativen Verachten her kannten.

Als ich gegen sieben Uhr abends aus München kam, war Philip nicht zu Haus. Nicht im Garten, nicht beim Joschi drüben, und Bill, den ich auf der Treppe traf, wußte auch nicht, wo er war: »Bin ich sein Kindermädchen?«

»Sascha«, sagte ich zu seinem Hund, »wo ist Philip?«

Er wuselte wedelnd durch alle Zimmer und setzte sich schließlich vor mich hin. Ausgerechnet in dem Augenblick rief sein Vater an. Berufstätige Mütter leiden sowieso unter chronisch schlechtem Gewissen ihren Kindern gegenüber, weil sie sich nicht genügend um sie kümmern können. Aber eine frisch geschiedene, mit dem alleinigen Sorgerecht ausgerüstete berufstätige Mutter, die gerade festgestellt hat, daß ihr Sohn verschwunden ist und nun mit seinem Vater sprechen soll, der voll Sehnsucht und Sorge nach ihm fragt –!

»Er ist bei einem Freund«, log ich ins Telefon.
»Wie geht's ihm? Er erzählt ja nichts. Jedes Wort muß man aus ihm herausziehen. Hat er sich ein bißchen eingelebt?«
»O ja.«
»Wer ist sein Freund?«
»Der Joschi von nebenan. Das geht ganz gut.«
»Was machen sie denn so?«
»Dasselbe wie in Berlin. Sie schießen durch die Gegend. Ich glaube, sie spielen Kriminalkommissar und Gangster-auf-der-Flucht.«
Von den Mutproben erzählte ich ihm nichts. Philip hatte sie ihm auch tunlichst verschwiegen. Eingeschworenen Städtern fehlt das Verständnis für Spaziergänge in den See bei acht Grad Wassertemperatur. Sie denken gleich an Lungenentzündung und Absaufen.

Von der genähten Platzwunde an seines Sohnes Kopf erwähnte ich ebenfalls nichts, um nicht beschimpft zu werden, daß ich den bodenlosen Leichtsinn zugelassen hatte, mit dem er sich unter den Nachbarsjungen als Neuling bewähren mußte.

Philips Vater – in seiner Jugend ein berüchtigter Rabauke und wegen haarsträubender Frechheiten von zwei Schulen geflogen – hätte seinen eigenen Sohn vor lauter Sorge am liebsten unter eine Käseglocke gesperrt.

Aber unter einer Käseglocke konnte Philip nicht lernen, sich im Leben durchzusetzen.

»Ich muß jetzt leider Schluß machen«, sagte ich ins Telefon, »unsern Sohn abholen.«

›Abholen‹. Das klang nach umsichtiger Mutter in seines Vaters Ohren.

O Jesus, wenn der wüßte!

Der Schwan ist undankbar

Eine halbe Stunde lang suchten Sascha und ich in der Finsternis nach Philip.
Wir fanden ihn schließlich in einem verwilderten, unbebauten Seegrundstück, an einen Baumstamm gebunden. So eng, daß er sich nicht einmal kratzen konnte, wenn es juckte. Vaters Augapfel am Marterpfahl!
Er schrie und heulte vor Zorn. »Diese Schweine! Diese verdammten, hinterrücksichtslosen Arschlöcher, die!«
»Wer?« fragte ich, ihn losbindend.
Das sagte er nicht. Ich wußte sowieso, daß es nur Bill und Joschi gewesen sein konnten.
Den Grund, der diese schlimme Strafe ausgelöst hatte, habe ich nie erfahren. Aber ich bin sicher, daß Philip nicht ganz unschuldig in der engen Umgarnung eines zerfledderten Segeltaus gehangen hatte.
Dieser zartgliedrige Junge mit den ver-

träumten, dunkelblauen Augen führte selbst seine Mutter zuweilen optisch in die Irre. Er wirkte so sensibel und schutzbedürftig. Dabei hausten nicht weniger Teufel in ihm als in Bill und Joschi. Und schließlich hatte sein aggressives Mundwerk in Berlin seine Ausbildung erhalten. Aber zwei Große gegen einen Kleinen, das war nicht fair. Das war »gemei-en«, wie Philip schrie.

Wir gingen bedrückt nach Hause. Er hatte nichts dagegen, daß ich den Arm um ihn legte.
Ich spürte sein Heimweh in den mageren Schultern.
Warum mußten wir bloß hierherziehen? War doch so schön in Berlin.
»Laß nur«, sagte ich, »morgen kommst du in die neue Schule. Da lernst du viele Kinder kennen.«

Er wollte nicht viele Kinder, sondern den Joschi von nebenan.
Seinetwegen hatte er die verflixten Mutproben durchgestanden. Nun waren sie umsonst gewesen.
»Aber ich räch mich, Mensch!« drohte er in die Dunkelheit. »Wie ich mich rächen werde!«
»Gar nichts wirst du«, beschwor ich ihn.»Dem Joschi tut es sicher schon leid, daß er da mitgemacht hat. Er wäre bestimmt noch gekommen, dich loszubinden.«
»Der? Ph – Määnsch! Der traut sich bei der Dusterkeit doch gar nicht auf das Grundstück.«
»Wieso nicht?«
»Wegen dem Toten, den sie hier mal gefunden haben! Wenn's im Gebüsch knackt, dann is der das! Der spukt!!!«
Hat der Mensch Töne!? Da pinnten sie den

Kleinen nicht nur an einen Baum in der Wildnis, sie würzten seine hilflose Lage auch noch mit Schauergeschichten.
Mein Gluckenzorn loderte, aber ich durfte ihn mir nicht anmerken lassen.
»Du wirst jetzt nichts unternehmen, verstanden?«
»Warum nicht? Ich muß! Sonst platz ich!«
»Platz zu Hause. Aber halte dich ihnen gegenüber zurück.«
»Warum?«
»Weil es alles nur viel schlimmer macht. Denk daran, du mußt hier leben!«
Das war ja das Schlimme für ihn und nun auch für mich. Er mußte hier leben, wo man ihm das Dasein wirklich nicht freundlich gestaltete.
»Der Joschi wird schon wiederkommen.«

Philip ging nun bereits eine Woche in die neue Schule, in der man ihn herzlich aufgenommen hatte, vor allem die Mädchen, aber was sollte er mit Mädchen –!? Die Buben waren gutmütiger und weniger aggressiv als in der Großstadt. Sie übten noch keine Kritik an der Obrigkeit, welcher auch immer, fügten sich in das Gegebene. Ich glaube, sie waren meinem Sohn ein bißchen zu harmlos, vor allem zu gleichaltrig.
Es zog ihn zu den Größeren, zu denen, die schon elf waren und darüber.
Nachmittags hockte er in seinem Zimmer mit dem Blick auf den blauen, böigen See, auf dem Bleßhähne mit imponierend aufgestelltem Gefieder um eine lässig im Abseits schwimmende Henne kämpften.
Vor seinem Fenster wehte und blühte und zwitscherte der Frühling in knospenden Buchen.

»Geh doch raus«, drängte ich, »es ist so schön.«
Manchmal klingelten Kinder aus seiner Klasse am Tor. Sie wollten sehen, wo er wohnte, und sein Spielzeug kennenlernen. Philip führte sie in sein Zimmer, danach zum See hinunter und kehrte bald wieder ohne sie in seine selbstgewählte Klausur zurück.
Es war zum Verzweifeln mit ihm.
Joschi kam täglich ins Haus, um Billy zu besuchen. Sie pusteten Seifenblasen aus dem Fenster und ließen gekochte Spaghetti auf fremde Balkone niederschlängeln. Sie langweilten sich.
Darum radelte Bill zu einem Schulfreund, der ein paar Straßen weiter wohnte.
Nun hatte Joschi auch niemand zum Spielen.
Auf diesen Zeitpunkt schien Philip gewartet zu haben, denn er gab plötzlich sein Ere-

mitendasein auf, zog die Gummistiefel an und knallte mit dem Satz: »Ich schau mal nach, ob Hansi da ist«, die Wohnungstür hinter sich zu. Hansi, das fünfjährige ›Baby‹, letzte Notlösung für die Großen, wenn sie überhaupt keinen annehmbar Altrigen auftreiben konnten.
Ich hörte sie im Garten schießen – pengpengpeng. Hansi war der Gangster, der tot umfallen mußte. Er tat ja alles für die Großen, wenn sie ihn nur mitspielen ließen.
Die Knallerei mußte auch Joschi nebenan gehört, ja geradezu darauf gelauert haben.
Auf einmal war er da mit einem selbstgebastelten Schnellboot, das er wie zufällig von seinem Ufer in unsere seichten Hoheitsgewässer hinüberlenkte.
Das Pengpengpeng verstummte.
Dafür schimpfte Hansi wie ein Rohrspatz.
Mit Recht.
Kaum kümmerte sich ein älterer Knabe

Hansi darf nicht mitspielen

um ihn, indem er ihn als Gangster auf der Flucht totschoß, erschien Joschi, und schon war er ihn los. Joschi war gemein. Der sollte machen, daß er übern Zaun kam. Oder zum Bill gehen! Oder sonst was.
»Schleich di, fixluja!!«
Unberührt von Hansis Protestgeschrei standen Joschi und Philip im Wasser und ließen das Schnellboot fahren. Dabei liefen ihre Gummistiefel voll. Sie zogen sie aus und stülpten sie um, bis kein See mehr in ihnen war, und zogen sie wieder an.
Philips nasse Socken klemmten später im Briefkastenschlitz. Er hatte keine Zeit gehabt, sie heraufzubringen.

Joschi war wieder da, und das Wichtigste – er war zuerst gekommen.
Noch am selben Tag schenkte er ihm seinen Hamster Moritzl.
»Das ist aber nett von ihm«, sagte ich.

Philip erklärte: »Sie wollen ihn drüben nicht mehr haben. Er kneift immer aus und nagt ihre Bücher an.«
Was tat Moritzl von nun an bei uns?
Er kniff aus und nagte unsere Bücher an. Und brachte Sascha nervlich auf den Hund, weil er ihm immer wieder entwischte.

Bill aus dem zweiten Stock, an einem Donnerstag Anfang Juni, als er aus der Schule kam.

Er sollte die Mülltüten heruntertragen. Dabei verlor er wie immer so manches auf der Treppe.

Vor der Haustür stellte er die Tüten ab, um sein Fahrrad zu holen. Inzwischen kippten die Tüten um und ziemlich aus.

Bill sammelte zornknirschend wieder das Schlimmste in sie zurück, hängte sie rechts und links an die Lenkstange und fuhr die acht Meter bis zu den Müllkästen. Dort ließ er sie einfach fallen.

Das sah zufällig der Hausmeister und brüllte ihn an.

Darauf nahm Bill die Tüten und schleuderte sie aufs Garagendach mit dem wütenden Aufschrei:

»Scheißbürgermüll!!«

Darauf holte der Hausmeister Bills Vater.

Der sagte ganz ruhig: »Billy, hol die Tüten vom Dach.«
Darauf zog Bill seine Schuhe aus und feuerte sie den Tüten nach, stieg auf sein Rad und sauste auf Socken vom Hof.
Stieg sozusagen auf Socken in einen neuen Lebensabschnitt um. Seine Kinderschuhe blieben mit dem Müll auf dem Dach, bis es zu regnen anfing.
Da kletterte sein Vater hinauf und holte alles herunter, und das haben manche Leute im Haus nicht verstanden.
Sie sagten, der ist viel zu gut und zu weich mit dem Jungen, dem gehören die Hosen strammgezogen.
Bills Vater hat das Gerede nicht gestört. Andere Leute sind immer so schlau, wenn es sich nicht um ihre eigenen Kinder handelt.
Bill ließ von Stund an sein Äußeres verwahrlosen. Machte nur noch das, wovon er

sicher war, daß es Anstoß erregen würde. Haßte wild um sich herum. Tat nichts mehr für die Schule.
Blieb sitzen. War ihm doch so egal.
Eines Tages begegnete er Felicitas, genauso fünfzehn wie er.
Fee stieg auf sein Rad mit auf, stieg gar nicht wieder herunter. Wurde zum einzigen Wesen in seiner wirren, pubertären Einsamkeit, von dem er verstanden sein wollte.
Und blieb ebenfalls in der Schule sitzen.

Was mich an dieser Entwicklung freute: Bill hatte nun keinen Spaß mehr daran, einen zugezogenen neunjährigen Preußen zu schikanieren.

Aus den Händen einer leidenschaftlichen Verfechterin der Ganzheitsmethode, die den verschusselten Philip daran hinderte, Orthographie statt akustisch erfaßter Lautmalerei zu erlernen, geriet er übergangslos unter die Fuchtel eines Paukers alter Schule.

Vierschrötig, Spitzbart, Kasernenhofton. Den Rohrstock ersetzte er durch einen locker strafenden Handrücken – klitschklatsch um Knabengesichter fegend, bis sie rosig blühten. Wie oft Philips Wangen mit dieser fleischigen, kurzfingrigen Rechten in Berührung kamen, hat er mir sicherheitshalber verschwiegen aus Sorge, für meinen Aufstand hinterher büßen zu müssen.

Ihm reichten die vielen Strafarbeiten, zu denen er verdonnert wurde.

Joschi, der vier Jahre lang unter jenem Pauker gedient und sich in dieser Zeit zu einem Routinier in Strafaufgaben entwikkelt hatte, gab Philip Tips.

»Du mußt vor allem groß schreiben, damit die Seite schnell voll ist. Wenn es zum Beispiel heißt: Ich darf im Unterricht nicht schwatzen, schreibst du erstens: Ich darf nicht schwatzen, weil es den Unterricht stört. Zweitens: weil ich dadurch meine Nachbarn vom Zuhören ablenke, und drittens: weil es verboten ist.«

»Und wenn ich schreiben muß: Ich darf nicht lachen, wenn mein Lehrer ein Lied auf der Geige kratzt?«

»Schreib dasselbe«, sagte Joschi, »es stimmt immer.«

Philip glaubte ihm bedenkenlos.

Das brachte mir die erste Vorladung bei seinem Klassenlehrer ein – übrigens keinem Bayern.

»Wie macht sich Philip denn so?« eröffnete ich das Gespräch.

Zur Antwort wurde mir seine letzte Strafarbeit über den Tisch gereicht. Ihr Thema: Ich darf kein Mädchen auf dem Pausenhof schubsen.
Darunter stand:
»1. Weil ich daduch den Unterricht stöhre.
2. Weil ich daduch meinen Nachbahn ablänke.
3. Weil es verboten ist.«
»Was sagen Sie dazu?« griff er mich an. Und ehe ich etwas sagen konnte, »Der denkt überhaupt nicht nach. Ein Tagträumer. Ein kompletter – naja.« (Er wollte wohl Idiot sagen, fing aber noch rechtzeitig meinen warnenden Blick auf. Was er sich nicht verkniff, war auch nicht milder.) »Der Bengel ist ein Weichling. Überhaupt kein Mumm in den Knochen. Und dazu die Orthographie. So was kommt nun aus Berlin – thh.«
Ich verknotete meine Zehen, meine Finger

und mein Gebiß, weil ich an Philips Warnung dachte: Bleib bitte, bitte ruhig, sonst kriege ich dein Fett ab.
Wir sahen uns nur an – sein Klassenlehrer und ich. Er genoß meine Ohnmacht.
»Sonst noch was?« fragte ich.
»Ja.« Hände in elastischen Hosenträgern, Überlegenheit demonstrierend. »Ihr Bübchen ist ein wahrer Einstein im Rechnen.«
»Das hat er von mir«, versicherte ich.
»Dann darf ich Ihnen vielleicht die Aufgabe mitteilen, die ich ihm gestern gestellt habe. (Räuspern.) Also: ›Du bist zehn Jahre alt und dein Vetter ist zwanzig. Wie alt ist er, wenn du fünfzig bist?‹ Na, was glauben Sie wohl, hat er darauf geantwortet?«
Tja, was glaubte ich wohl –?
»Hundert!!«
»Das hat er wirklich von mir.« Ich stand auf. Er brachte mich nicht einmal bis zur Tür des Lehrerzimmers. Auf der Heim-

fahrt fuhr ich vor lauter Zorn beinah auf meinen Vordermann auf.

»Was hat er gesagt?« wollte Philip wissen, als er aus der Schule kam.
»Du sollst dich mehr konzentrieren. Und eh du das nächste Mal eine Strafarbeit abliefferst, zeig sie mir.«

Ende Juli läutete es Sturm an unserer Tür: Mischa, der Junge, mit dem Philip in Berlin wie ein Bruder aufgewachsen war, kam auf der Durchreise vorbei, um ihn zu besuchen.
Die Wiedersehensfreude verlief beulenreich, so heftig umarmten sie sich. Sascha, der Spaniel, biß Mischa vor Glück in den Hintern.
Zu dritt rannten sie in den Garten und den langen Steg bis zum Ende, wo er sich zu einem Plateau verbreiterte mit einer Bank und einer Laterne, um die abends die Mükken tanzten.
Philip zeigte ihm die jungen silbergrauen Schwäne und den kleinen Hafen, den er mit Joschi gebaut hatte, und das Kistenbrett mit der Leine, auf dem sie Wellenreiten spielten. Sie hatten zwar keine großen Wellen und kein Motorboot zum Dranhängen, aber wenn zwei Jungen an den

Leinen zogen und damit den Steg hinunterrannten, kam der Dritte auf dem Brett aus dem Wasser hoch und fuhr immerhin fünf Meter.
Sascha brachte seinem Freund aus Berliner Zeiten einen toten Fisch als Präsent.
Philip sagte: »Schade, daß du gestern nicht da warst.«
Am Abend zuvor war er mit Joschi in die phosphorn glitzernde, auf kleinen Wellen schwimmende Mondbahn hineingerudert.
Mischa hatte für all diese Herrlichkeiten nur ein müdes Lächeln, denn er verfügte inzwischen über einen Vater, und der war so reich! Mit Motorjacht im Hafen von Antibes und einem Porsche und noch viel mehr. Für Wasserski hatte er ein Rivaboot extra.
Nach einer halben Stunde kehrten sie spürbar verstimmt vom See zurück und standen bei uns Müttern herum.

»Könnt ihr euch nicht allein beschäftigen?« Wir hatten so viel zu erzählen, was für Söhneohren nicht bestimmt war.

»Ich weiß was«, sagte Philip und verschwand. Wir dachten, er würde ein Spielzeug aus seinem Zimmer holen, aber er war noch nicht zurück, als sich Mischa und seine Mutter eine Stunde später verabschiedeten.

»Wo bist du gewesen?« pfiff ich ihn abends an.

»Beim Joschi drüben.«

»Sag mal, spinnst du? Da kommt Mischa extra her, um dich zu besuchen, und du haust ab. Mir war das so peinlich.«

»Der mit seinem neuen Vater! Wie der mit dem angibt. Kann man gar nicht hinhören«, stöhnte Philip.

»Er ist eben stolz auf ihn.«

»Quatsch, er ist stolz auf das, was der alles hat.«

»Bist du etwa eifersüchtig?«
»Aber Mami!« Er sah mich kopfschüttelnd an. »Worauf denn? Ich hab's ja gut hier. Aber'n blöden Dorfheini laß ich mich von dem noch lange nicht nennen!«
»Und was hast du ihn genannt?«
»Das – das weiß ich nicht mehr.«

So endete eine fünfjährige brüderliche Freundschaft innerhalb einer Stunde ohne einen Funken Trauer.

Der See lichtete sich. Die Badesaison war vorüber, und die wehende Unruhe weißer Segel und bunter Spinnaker vereinzelte.
Unter einem wochenlang blauen Himmel verfärbten sich die Ufer rot und gold. Jeder Baum wirkte wie angezündet.
Das ging so bis in den November hinein. Auf den Wiesen blühten Frühlingsblumen, die Obstbäume hatten dicke Knospen angesteckt, und die Bauern fluchten über den knochentrockenen Acker, der sich schwer umpflügen ließ.

Joschi und Philip hockten mit einer selbstgemachten Angel auf dem Steg und warteten auf das, was im Wasser vorüberschwänzelte und aus Versehen anbiß. Man hörte bis zum Ufer ihre friedlich streitenden Stimmen.
Sie waren nie einer Meinung. Ihr ständiger

Widerspruch artete jedoch nur noch selten zu einem handfesten Krach aus.

Seit die Ufer verödeten und die Ferienjungs, mit denen sie gespielt hatten, wieder zur Schule gingen, waren sie aufeinander angewiesen. Hockten also auf dem Steg, angelten nichts Besonderes und ließen dabei die weite, träge plätschernde Stille auf sich einwirken.

Im Herbst gehörte der See wieder ihnen allein . . .

Während halb München am Wochenende auf die Berge rannte – so einen idealen Wanderherbst hatte es lange nicht gegeben –, begann das anhaltend gute Wetter unsere Knaben zu irritieren.

Sie hatten nun alle Sommerspiele wieder und wieder probiert, bis in den November hinein.

Um nicht ganz mit ihrem Spielplan durcheinander zu kommen, zogen sie sich ins

Haus zurück und begannen mit dem für vernieselte Tage vorgesehenen Programm. Dazu gehörte auch Historisches.

Eines frühen Nachmittags, als ich vom Hof fahren wollte, hielt ein Taxi vor unserem Tor. Aus dem Fond ragten zwei Jungenköpfe.
Während Joschi zahlte, stieg Philip schon aus und erschrak leicht, als er mich sah.
»Hallo, Mami –«
»Sagt mal, piept es bei euch? Taxi! Könnt ihr nicht laufen?«
»Laufen schon, aber nicht tragen«, erfuhr ich.
Gemeinsam hievten sie eine große Kiste aus dem Taxi mit hölzernen Forts, Wachtürmen, Kutschen, Planwagen. »Toll, gell?«
»Keine Sorge. Ist alles aus zweiter Hand.

Philip und Sascha haben Besuch

Haben wir einem Jungen abgehandelt«, versicherte Philip.
Und Joschi: »Für sagenhaft billiges Geld!«
»Kostet fast überhaupt nichts. Und davon zahlt jeder bloß die Hälfte.«
Joschi holte eine Supermarkttüte aus dem Wagen, die von Soldaten überquoll. Die hätten sie noch dazugekriegt. Sechzig Südstaatler und Nordstaatler!
Zugekriegt?
Sie guckten mich mit sanftem Tadel an: immer dieses erwachsene Mißtrauen. Kannst ja den Jungen fragen, von dem wir sie haben. Ruf ihn doch an.
Sie wußten genau, daß ich nicht anrief, weil ich wiederum wußte, daß der Junge alles beteuern würde, was Joschi und Philip ihm eingebleut hatten. In ihren Unternehmungen gab es keine Lücke, in die das Mißtrauen der Erwachsenen erfolgreich einstechen konnte.

Um mir zu beweisen, daß ihre Anschaffung kein Luxus war, sondern im Gegenteil, sagte Joschi, sie hätten in der Schule gerade den amerikanischen Bürgerkrieg durchgesprochen. »Es übt so historisch, wenn man die Schlachten zu Hause nachkämpft.«
Damit, so fanden sie, war ihr Großeinkauf vom pädagogischen Stand aus völlig gerechtfertigt, ja geradezu lobenswert – oder?

Als ich zwei Stunden später zurückkam, stand der Hof voller Hausbewohner. Sie gestikulierten Empörung, zeigten nach oben (dorthin, wo meine Wohnung war) und sahen mich an, als ob ich die Mutter von Al Capone wäre.
Da platzte mir der Kragen. Immer Joschi und Philip sollten die Sünder sein. Warum beschwerten sie sich nicht einmal bei Bills Eltern oder denen von Anita, dem einzigen

Mädchen im Haus, das mit seinen zahllosen Freundinnen, schrill gackernd, Garten und Steg überschwemmte –!? Das war manchmal nicht zum Aushalten, dagegen sagten sie nichts. Aber wenn Joschi und Philip mal ein bißchen knallten, gab es gleich Ärger.

Ich rauschte hochmütig ins Haus – und glaubte nicht, was ich hörte. Von Stufe zu Stufe wurde es lauter. Dazwischen Saschas hohes, entnervtes Bellen. In Philips Zimmer tobte die Schlacht von Bull Run über den ganzen Fußboden. Philip bewegte die Südstaatler, Joschi die Nordstaatler.

Große Verluste auf beiden Seiten. Einschläge über Einschläge. Es knallte, brannte, qualmte und stank infernalisch.

»Seid ihr wahnsinnig geworden?«

Die beiden schauten verschreckt hoch – mein vulgärer Aufschrei hatte ihre zarten Gemüter und Ohren verletzt –, was wollte

ich denn auch, sie spielten doch nur Sezessionskrieg.
»Sofort aufhören!!« Ich trat mitten in die Schlacht, es knirschte, und entriß ihnen die verflixten Pfennigschwärmer alias Schweizer Kracher, eine milde Sorte von Silvesterfeuerwerkskörper, aber im geschlossenen Raum und in so geballter Form gehörzerfetzend. All meine Streichholzschachteln, ein ganzes Paket, hatten sie mit Kleister zu Barrikaden zusammengebappt. Sie zischten und loderten auf Meißener Untertassen.
Da hob Philip etwas auf und sah mich klagend an: »Oh, Mami, das war General Lee. Du hast General Lee zertreten!«
»Na und?« Erwartete er etwa, daß ich mich dafür entschuldigte? »Das ganze Haus tobt! Wenn wir eine Kündigung kriegen, seid ihr schuld!«
Sie guckten erschrocken. Das hatten sie

nicht gewollt. Wirklich nicht. Und es tat ihnen furchtbar leid. Ehrlich.
Joschi und Philip entglitten meinen Vorwürfen durch blanke Einsicht. Bloß keinen Widerstand leisten. Zerknirschung zeigen. Höflich bleiben. Verkitschter Jagdhundblick. Wer brüllt, hat unrecht. Also ließen sie mich brüllen. Nur ja keinen Wind in meine Segel blasen. Immer schön die Flaute pflegen.
»Und so was wie euch habe ich auch noch in Schutz genommen.«
»Das war irre nett von Ihnen, vielen Dank«, sagte Joschi und schüttelte meine Hand. Philip küßte mich.
»Wir werden uns gleich entschuldigen«, versicherten sie und zogen eilfertig los.
Ich hörte sie durchs Treppenhaus traben und klingeln. Sie hausierten mit ihren Entschuldigungen von Tür zu Tür.
Zehn Minuten später waren sie wieder da.

Mit Bonbons. Die hatte ihnen Frau L. geschenkt.

Erboste Nachbarn erwarten das Schlimmste von kleinen Buben, nur keine Einsicht in ihre Schandtaten und keine freiwilligen Entschuldigungen. Völlig entschärft, weil überrumpelt, standen sie da und erteilten Absolution.

Mir hingegen nahmen sie noch lange übel, daß ich die beiden verteidigt hatte, denen sie inzwischen Bonbons schenkten.

Eines Samstagsabends im Januar raffte Philip seine Buntkarierten zusammen, legte obenauf den Pyjama und die Zahnbürste, küßte mich und sagte, zum Frühstück wäre er wieder da. Zu jener Zeit schlief er ab und zu beim Joschi oder der Joschi bei ihm.

Vom Fenster aus sah ich Philip mit seinem Bettzeug über den Zaun turnen. Zuerst verlor er die Pyjamahose, dann das Kopfkissen, dann bummerte er an Joschis Tür, worauf dieser ihm öffnete. Dann kam Philip noch einmal zurück, um seine Zahnbürste zu suchen. Dann ging das Gartenlicht aus und die Jalousie drüben herunter. Gute Nacht, Philip und Joschi.

Erst würden sie noch eine Weile Blödsinn machen und dabei eine Menge Guttis futtern. Sehr lange dauerte es mit dem Joschi abends nie, dafür stand er um so früher morgens auf.

Im allgemeinen kehrte Philip mit seinen Betten so gegen halb neun über den Zaun zurück. Aber an diesem Wintermorgen klingelte er bereits um sieben. Er wirkte zwar etwas müd, aber sonst ganz normal. Mir fiel nur auf, daß er es danach ein paar Tage vermied, zum Joschi zu gehen. Er hatte es lieber, wenn der zu uns kam.
Was sich in jener Nacht alles zugetragen hat, erfuhr ich erst ein halbes Jahr später durch puren Zufall.
Wir begegneten einem Polizisten, bei dessen Anblick Philip rote Ohren vor Verlegenheit kriegte. Der Polizist sagte: »Na, Komiker?«, und Philip grinste: »Grüß Gott«, so um die Ecke.
»Woher kennst du denn den?«
»Ach, der saß im Streifenwagen in der Nacht, wo . . .« Philip brach ab.
»Wo was?« fragte ich.
»Aber das war ja im Winter – und es war

auch nicht mehr Nacht, bloß eben noch dunkel und ein irrer Schnee, Mami, was glaubst du, was ich plötzlich Lust auf Skilaufen habe, fahren wir dieses Jahr wieder nach Kitz, ja?«
»Was für eine Winternacht, Philip«, wollte ich wissen und nicht abgelenkt werden.
Philip seufzte belästigt auf. Ich fragte ihm zuviel.
»Halt wie ich beim Joschi geschlafen hab. Er ist Frühaufsteher.«
»Was hat das mit dem Polizisten zu tun?«
»Er hat mich schon vor fünf geweckt.«
»Der Polizist?«
»Nei-en, der Joschi natürlich.«
»Ja und?«
»Hatten wir plötzlich beide irren Appetit auf Pommes frites, verstehst du?«
»Nein.«
»Aber es war so. Ehrlich.«

»Und was hat das mit dem Polizisten zu tun?«
»Gar nichts. Wir haben uns überlegt, wo es am Sonntag um fünf Uhr früh Pommes frites gibt.«
»Willst du mich schon wieder vom Polizisten ablenken?« fragte ich mißtrauisch.
Er sah mich kopfschüttelnd an. »Ich will dir erzählen, wie es wirklich war, aber du läßt mich ja nicht ausreden.«
»Also gut«, sagte ich. »Ihr habt überlegt, wo es um fünf Uhr früh Pommes frites gibt.«
»Am Bahnhof, hat der Joschi gemeint. Es gibt doch schon Züge um fünf, da muß die Bahnhofswirtschaft ja auch schon aufhaben. Haben wir uns eben angezogen und sind auf Joschis Rad zum Bahnhof. Ich hintendrauf.«
»Und Joschis Eltern?«

»Die haben nichts gemerkt«, sagte Phil, »die schlafen doch in einer anderen Richtung von dem Haus.«
»Und am Bahnhof?«
»Das Restaurant hatte noch zu.«
»Da seid ihr also wieder umgekehrt.«
»Nein«, sagte Philip, »wir haben uns gesagt – wo wir nun schon auf sind und in der Kälte unterwegs – es war ja irre kalt!« Er sah mich mitleidheischend an, jedoch vergebens.
»Was habt ihr da gemacht?«
»Wir haben uns gesagt, wo wir nun schon unterwegs sind, können wir auch gleich beim Kino vorbeifahren und schaun, was es in der Kindervorstellung gibt. Und so sind wir eben zum Kino geradelt.«
»Und dann?«
»Kam die Funkstreife vorbei. Und hielt. Und die Polizisten stiegen aus und fragten, was wir da machen. Wir haben gesagt, wir

wollen nachschaun, was es in der Kindervorstellung gibt, und da haben sie gefragt, ob uns keine noch blödere Ausrede eingefallen sei, aber es war doch die Wahrheit. Wir haben ihnen erzählt, daß wir um fünf aufwachten und Appetit auf Pommes frites hatten und zum Bahnhof geradelt sind, und wie die da noch nicht aufhatten, sind wir weiter zum Kino . . .«

Ich versetzte mich kurzfristig in die Rolle eines Streifenpolizisten, der im Dunkel eines frühen, klirrend kalten Wintersonntagmorgens zwei Knaben auf einem Rad vorm Kino erwischt – der eine zwölf, der andere zehn, beide schlotternd vor Kälte und Behördenangst – und dann diese Geschichte –!

»Was haben sie mit euch gemacht?«

»Ich mußte zu ihnen in den Funkwagen steigen, und Joschi mußte mit dem Rad vorausfahren. Der am Steuer hat gesagt, das, was wir beiden Komiker erzählt hätten, wäre so idiotisch, daß es beinah schon wieder stimmen könnte. Er hätte einen Sohn, der kriegte so was auch fertig. Aber der andere, der neben ihm saß, der konnte sich das nicht vorstellen. Er hat gesagt, das sind Automatenknacker. Das sind die Automatenknacker, die wir schon lange suchen. Dann hat er mit dem Polizeirevier telefoniert und unsere Namen durchgesagt, und man sollte Joschis Eltern benachrichtigen. Dann hat der nette Polizist gesagt, das sind doch Buben aus ordentlichen Familien. Aber der andere hat gesagt, die aus den ordentlichen Familien sind manchmal die schlimmsten. Als wir mit der Polizei heimkamen, stand Joschis Mutter schon in der Tür. Vor ihren Augen haben sie unsere Taschen untersucht und nichts gefunden und sind wieder abgefahren.«

»Und dann?«

Die Schlacht von Bull Run

»Dann hat uns Joschis Mutter was erzählt.«

Dafür hatte ich lebhaftes Verständnis.

»Aber warum hast du mir die Sache verschwiegen?«

Philip überlegte lange und entschloß sich für die Lösung: »Du hattest damals so furchtbar viel um die Ohren. Warum sollte ich dir mit der Sache noch mehr Ärger machen? Es war ja auch ganz harmlos –. Und heute lachst du drüber, ja?«

Ich lachte nicht, aber ich gab mir schon eine Weile Mühe, ernst zu bleiben.

Philip lebte nun im dritten Sommer am See und gehörte zu ihm wie Joschi, der hier geboren war.
Es kamen die großen Ferien, von denen er die Hälfte mit seinem Vater zu verbringen pflegte.
Eines Abends telefonierte er mit ihm. »Ja, Papi – ich komm gern mit, aber nicht gerade jetzt, wo wir das Floß geerbt haben. Wir wollen eine Hütte drauf bauen. Der Joschi weiß, wo es alte Bretter gibt . . . verstehst du das nicht, Papi? Lieber am Ende der Ferien, da hab ich mehr Zeit – hallo, Papi? Bist du noch dran?« Philip sah mich bekümmert an.
»Er hat eingehängt. Jetzt ist er sauer. Was mach ich denn nu?«
»Natürlich mitfahren.«
»Ins Tessin? Mit seiner Freundin, die ich nicht leiden kann! Und mit wem soll ich da spielen? – Sprich du doch mal mit Papi.

Sag ihm, daß ich jetzt unmöglich verreisen kann.« Er drückte mir das Telefon in die Hand und verschwand unter Mitnahme unseres gesamten Handwerkszeugs und aller Nägel.

Drei Tage lang hörte man ihr Hämmern und Diskutieren vom See her. Joschi, Philip, ihr Freund Toni und die beiden Sommerjungs Mario und Ari. Sie beschimpften sich gegenseitig »MannduDepp« und »Idiot«.

Dann war die Floßhütte fertig. Außer dem Handwerkszeug vermißte ich ein Laken, das sie zum Abdichten der Innenwände benötigt hatten, damit es nicht so durch die Ritzen zog, ein Kissen und unseren Tütekessel. Beim Joschi drüben verschwanden Kochtöpfe, Scharniere, ein Stück Teppich und Geschirr.

Toni hatte zu Haus einen Riesenärger, als

seine Eltern die Dachpappe auf ihrem Schuppen vermißten.

Die Innenbeleuchtung – eine Petroleumlampe – organisierte Mario von einer Baustelle, und wo der Rettungsring herstammte, den sie zusammen mit einem Kochtopf neben der Eingangsluke aufhängten, fragten wir lieber nicht.

Im Ufergebüsch hockte Hansi und sah neidisch zu. Nun ging er längst zur Schule und blieb dennoch der Kleine, der nicht mitspielen durfte.

Zu alt für etwas zu werden, ist schlimm, aber es ist genauso schlimm, für etwas zu jung zu sein.

Die Floßhütte war wohl der liebenswerteste Schandfleck, der jemals auf unserem See geschwommen ist. Auf ihrem Dach mit der fetzend überhängenden geteerten Pappe wehte ein selbstgemalter Totenkopf mit gekreuzten Knochen auf einem Stück Laken. Selbst die Anwohner, die das tagelange Hämmern zur Weißglut getrieben hatte, schwiegen überwältigt, als sie das windschiefe Ding in seiner Endfassung erblickten.

Es war so schäbig-schön. Und erweckte in jedem Beschauer, der sich noch einen Funken Romantik bewahrt hatte, die Erinnerung an einen verpaßten Jugendtraum.

Unsere fünf Erbauer waren an Protest gewöhnt und rechneten damit, samt Floß verjagt zu werden. Die unerwartet auf sie zuschwappende Sympathiewelle stimmte sie beinah mißtrauisch. Bekannte und sogar Fremde drückten ihnen plötzlich herzhaft die Hand und fragten, ob sie mal hineinschauen dürften. (D ü r f t e n!!)

Als immer mehr Interessenten kamen, kassierten die Floßbesitzer fürs Rüberrudern und den Eintritt fünfzig Pfennig pro

Person. Von diesem Geld kauften sie einen Spirituskocher und Vorhängeschlösser.
Auch wir Eltern kamen und feierten Wiedersehen mit all den Sachen, die wir zu Hause vermißten. Ich nahm mein Tafelsilber und ein großes, stilles Staunen mit von Bord.
Diese Wohnkultur! Wer hätte das gedacht. Rote Sets auf der Obstkiste, die ihnen als Tisch diente. Ein Bücherregal. Und die Henkeltöpfe, aus denen uns sonnenwarmer Apfelsaft angeboten wurde, wusch mein Sohn anschließend im See ab und hängte sie an ihre Wandnägel zurück.
Philip, die Erzschlampe, als umsichtige Hausfrau!

Mario hatte die Bordküche unter sich. Er konnte nichts anderes als Tütensuppen und glibbrige Spiegeleier herstellen. Die kamen den Knaben bald zu den Ohren her-

aus. Einmal verlangten sie Pudding von ihm, aber nur einmal. Keiner mochte gerne Angebranntes.
Die Küche war nicht ihr einziges Problem, sondern auch die Liebespärchen, die nachts zum Floß schwammen, um darin zu nisten. Sie waren gezwungen, ein Schild zu malen:

BETRETEN VERBOTEN! DIE BESITZER.
Ausnahmen müssen begründet sein.
(Notfall!!)

Es kamen auch Schwäne und Bleßhühner und schissen die Planken voll.
Von nun an übernachteten sie selbst auf dem Floß – immer zwei Jungen, mehr paßten nicht hinein. Wenn Philip und Joschi in der Hütte kampierten, nahmen sie Sascha als Alarmsirene mit.
Die übrigen drei schliefen im Zelt am Ufer, schliefen ziemlich unruhig, weil nie si-

cher, ob nicht die Floßler mitten in der Nacht ans Ufer plätscherten und das Zelt über ihnen einstürzten oder kübelweise See in ihre Träume kippten.
Das Ärgerliche war, daß sie sich nicht rächen konnten wegen Sascha, der jeden Angreifer rechtzeitig meldete. Mistköter.

Joschi wachte meistens als erster auf und rüttelte an dem blauen Schlafsack, in den sich Philip verkrochen hatte.
Sie öffneten die Floßluke und schauten, auf dem Bauch liegend, den Kopf in die Hand gestützt, auf den spiegelglatten, noch farblosen See.
Fischerboote tuckerten an ihnen vorbei zu ihren Fangplätzen. Über dem Ostufer bereitete sich der Sonnenaufgang vor.
Während sie sich leise unterhielten, um die Stille nicht zu stören, kraulten sie den Hund, der zwischen ihnen döste.

Diese frühen Morgen auf dem Floß waren wirklich schön.

Mitte Juli fand das Seefest statt mit großem Feuerwerk und Prämiierung des bestdekorierten Bootes.
Einen Tag lang wienerten unsere Floßbesitzer an ihrem Eigentum herum und garnierten sein Dach mit Lampions – grinsenden Monden und Laternen.
Um sieben Uhr abends stakten sie los, um rechtzeitig gegen elf zur Preisverteilung am Strandcafé anzukommen – das waren etwa vierhundert Meter Seelinie.
Dort waren sie als windschiefe Mickrigkeit zwischen teuer geschmückten Booten eingeklemmt, gingen völlig unter neben so viel Pracht.
Aller Größenwahn rutschte ihnen in die Jeans. Wer waren sie denn schon – fünf kleine Buben zwischen elf und dreizehn,

die mit ihrem Selbstgemachten aufgebrochen waren, um an der Konkurrenz der Großen teilzunehmen.
Sie harrten trotzdem bis zur nächtlichen Preisverteilung aus. Schon wegen dem Feuerwerk.

Rote, grüne und gelbe Sonnen zerplatzten am Nachthimmel, riesige Fontänen sprudelten dazwischen – endlich einmal keine vom Regen aufgeweichten Raketen, die müde in die Höhe torkelten und vor der Explosion verglühten.
Die fünf Floßbesitzer kauerten übereinander vor der Hüttentür, den Kopf im Nacken und staunten: »Ohh!«
Dann war das Feuerwerk vorüber, die letzte Fontäne tropfte blutrot in schwarze Uferbäume.
In die Stille nach der feierlichen Knallerei sagte eine Lautsprecherstimme: »Es folgt

die Prämiierung des originellst geschmückten Bootes, auf welche Sie nun schon so lange voll Spannung gewartet haben.«

Den Sieg hatten die Zuschauer längst einer als Hai verkleideten Motorjacht zugesprochen.

»Nach einmütigem Beschluß der Schiedsrichter fällt der erste Preis an die kleine Floßhütte. Ich bitte die Gewinner, sich auf dem Podium einzufinden.«

Unsere Fünf waren so verschreckt, daß sie erst einmal sitzenblieben.

Von den umliegenden, mit bunten Lampenketten erhellten Booten prasselte Beifall auf sie nieder. Selbst der enttäuschte Hai hupte Salut. Joschi pustete die Backen auf: »Die meinen uns!«

»Mich laust'n Affe«, »Des derf net woahr sein«, »Meiohmei« stöhnten sie durcheinander.

Die Preisverteilung

»Wer geht denn nun?«
»I trau mi net.«
»I a net.«
Es wurde beschlossen, daß die beiden Ältesten – Joschi und Mario – den Preis in Empfang nehmen sollten.
Es dauerte ziemlich lange, bis sie das Ufer erreichten. Man mußte sie von Bord über Bord zum nächsten Bord weiterreichen, bis sie endlich Land unter den Füßen hatten. Mit hochroten Gesichtern stolperten Joschi und Mario aufs Podium.
Und es tat mir sehr leid, daß Philips Vater den Spaß nicht miterleben konnte. Jetzt hätte er Verständnis für seines Sohnes Weigerung gehabt, mit ins Tessin zu fahren.
Den Sommer auf der Floßhütte würde Philip ein Leben lang nicht vergessen.
Joschi nahm einen Blechpokal mit Gravierung und eine Zweiliterflasche Sekt entge-

gen. An sich war der erste Preis ein Fäßchen Rum gewesen, aber wer konnte denn ahnen, daß ihn fünf kleine Buben gewinnen würden?
Um Mitternacht hat sie ein Motorboot heimgezogen. Ein schnelles Rivaboot, in dessen Schlepptau ihr Seeräuberfloß hing, das so aussah, als ob es von dem Mann erfunden wurde, der am meisten von Jungenträumen verstanden hat: Mark Twain. In seinem Innern hockten fünf preisgekrönte Knaben und tranken reihum voll tapferem Ekel zwei Liter warmen Sekt aus.
Danach sind sie stumm an Land und in einem Schlenker durch und mit allen Klamotten an in ihre Betten, welche sehr geschaukelt haben sollen.

Diese Ferien voll hochsommerlicher Trägheit, in denen selbst solch ein Skeptiker wie ich an die Dauer von Glück zu glauben begann! Ich hatte damals ein heiteres Privatleben, Philip sein Floß, und Sascha lebte mit den Jungs.

Er war von klein auf daran gewöhnt, sich gegen eine Horde Buben zu behaupten, und mischte bei all ihren Unternehmungen mit – rauh und wild wie sie und bei einbrechender Müdigkeit genauso zärtlich.

Sascha liebte das Floß. Ab und zu trieb ihn der Hunger nach Haus und das Bedürfnis, sich einmal ungestört auf der Balkonliege auszuschlafen.

Außerdem hatte er noch laufende Interessen in der näheren Umgebung, die er nicht vernachlässigen durfte.

Bei so einem Landausflug eines Nachmittags stürzten sich zwei Schäferhunde auf ihn und haben ihn getötet.

Philip, der in den Ort geradelt war, um neue Tütensuppen und Gummibärchen für den Floßhaushalt einzukaufen, kam zufällig vorbei und sah ihn liegen – ein stiller Haufen blutigen Fells, noch feucht vom See, mit gebrochenem Genick und Bißwunden überall.

Er hielt nicht an, sondern radelte wie von Sinnen weiter gegen den Strom der Autofahrer.

Ich fand ihn schließlich auf einer Wiese, mit hämmernden Fäusten, den Kopf im Gras –

»Mami – mein Sascha . . .«

– und nahm ihn in den Arm und ging mit ihm nach Haus, das uns so leer vorkam.

Einen Tag lang mied er die anderen Jungen. Ging ziellos umher, nicht ansprechbar, mit tiefen Augenringen und Saschas Halsband in der Jeanstasche.

Joschi kam über den Zaun und wünschte ihm herzliches Beileid, wie er es für Todesfälle gelernt hatte.
Nach angemessener Trauerzeit kehrte Philip auf das Floß zurück und nahm an allen Spielen wieder teil, wenn auch gedämpft. Es saß ihm noch immer die Erschöpfung vom Weinen in den Knochen und die Traurigkeit.
Sascha fehlte ihm überall. Nachts auf dem Floß, wenn es kalt wurde, war kein Fell mehr da, um das er sich rollen und an dem er sich wärmen konnte, und morgens, wenn sie im Ausguck lagen und dem Sonnenaufgang zusahen, war das Vermissen am schlimmsten in den Fingern. Es lag niemand mehr zwischen ihnen, den er kraulen konnte.

Ihre Floßhütte war nun berühmt.
Fotografen kamen von einem Journal für

modernen Wohnbau und von einer Zeitschrift. Auch Zeitungsreporter meldeten ihr Interesse an. Alle mußten tüchtig zahlen, bevor sie knipsen durften. Bei so viel Interesse für ihr Floß hatten seine Besitzer bald kein Privatleben mehr. So ist das nun mal mit dem Ruhm.

Aber sie verdienten einen Haufen Geld, genug, um die windschiefe Hütte einreißen und dafür ein stabiles, größeres Haus auf das Floß bauen zu können. Wasserdicht von oben und unten. Mit Komfort innen und Platz für vier zum Schlafen. Mit einem Spitzdach, das sie mit Schilf abdeckten. Sie waren sehr stolz darauf.

Aber auf einmal hatten sie nichts als Ärger mit den Erwachsenen, die ihnen den neuen, nüchternen Kasten persönlich übelnahmen. Ein alter Herr weinte beinah:

»Ach Jungs, warum habt ihr das getan?

Warum habt ihr meinen Jugendtraum zerstört!«
Die Erwachsenen hatten nie in der Hütte gelegen: von unten feucht und die eine Wand bei starkem Wind im Kochtopf.
Und außerdem – was taten denn sie, wenn sie zu Geld kamen? Dann rissen sie auch das romantische Morsche ein und bauten dafür moderne Kästen, die als plumpe Ausrufungszeichen die Landschaft zerstörten.

Das Hundstagswetter hielt an.
Bei Einbruch der Dunkelheit flackerten Feuer an den Ufern auf. Lärm von Sommerfesten hallte über den See und Musik. Der Nachtwind, der durch das Schilf wischte, duftete nach Grillwürsteln.
Eines Abends wurde Joschi dringend ans Ufer gerufen.
Ein Krankenwagen fuhr ins Grundstück nebenan und mit Blaulicht und eingeschalteter Sirene wieder fort. Unsere Nachbarin hat es gesehen.
»Da muß was passiert sein«, raunte sie im Haus herum.
Als Philip am nächsten Morgen über den Zaun zum Joschi stieg, kam er gleich wieder zurück, im Gesicht dieses leere Grinsen, mit dem er auf Hiobsbotschaften zu reagieren pflegte.
»Joschis Vater ist heut nacht gestorben«, sagte er. »An einem Herzinfarkt.«

Philip schaute vom Küchenfenster zu ihm hinüber. »Erst mein Sascha und jetzt sein Vater. Und der Besitzer von unserer Wohnung auf der Inntalautobahn . . . alles in drei Wochen. Bei uns geht der Tod um«, sagte er. Weiß der Himmel, wo er diesen Satz aufgeschnappt hatte. »Für den Joschi ist das schlimm. Er hat sehr an seinem Vater gehangen.«

»Du mußt ihm einen Brief schreiben«, sagte ich.

»Warum?«

»Das tut man, wenn einem Freund der Vater stirbt.«

»Ja, aber was soll ich schreiben?«

»Daß es dir sehr leid für ihn tut.«

Philip, den bereits Danksagebriefe für Geburtstagspräsente in einen geistigen Ausnahmezustand versetzten, hockte an seinem Schreibtisch mit Blick auf den See, hockte hilflos denkend vor der Karte mit

Sascha ist tot

dem schwarzen Rand, die ich in der Bahnhofspapierhandlung für ihn gekauft hatte. Ihm fiel nichts ein. Beim besten Willen nicht.

»Kannst du mir nicht helfen, Mami? Du bist doch Schriftsteller!«

»Aber nicht für Kondolenzschreiben.« Die hatte mir bisher immer meine Mutter aufgesetzt.

Philip rief seine Großmutter in Berlin an. Nun hatte er zwar den Text, aber seine Niederschrift wimmelte von orthographischen Fehlern.

»So kannst du das nicht abschicken«, sagte ich.

»Den Joschi stört's bestimmt nicht«, versicherte er.

»Trotzdem, auf einem Beileidschreiben muß alles stimmen, Junge.«

Ich fuhr zum Bahnhof und holte noch einen Packen Kondolenzkarten.

Der vierte Versuch war endlich fehlerfrei und leserlich. Philip wollte ihn über den Zaun tragen. Ich sagte, das geht nicht.
»Du mußt ihn beim Joschi am Tor einstecken.«
Zum ersten Mal wurde es formell zwischen den Nachbarsknaben.

Bis zur Beerdigung und noch einen Tag blieb Joschi für sich.
Er trauerte sehr um seinen Vater, aber er war halt ein Kind, und das Leben ging weiter, und so stieg er wieder über den Zaun auf unseren Hof, wo Philip schon auf ihn lauerte.
Sie begrüßten sich ernst.
Und radelten ernst in den Ort, um dort sehr ernst neue Schwimmflossen für Joschi zu kaufen.

Die letzten Ferientage sollte Philip bei seinem Vater verbringen. Was bedeutete, ihn von Grund auf landfein zu gestalten.
Das fing beim Mittagessen an, als mein Blick sinnend auf seinem Kopf ruhte, will sagen, auf dem, was sich in weißblonden Fransen über seinen Hemdkragen stülpte und auf seine Augen niederzipfelte, so daß sie schielen mußten, wenn sie etwas sehen wollten.
Philip blinzelte mißtrauisch zu mir herüber: »Was ist'n nun schon wieder?«
»Deine Haare«, sagte ich. »Du schaust aus wie ein Penner.«
»Mir doch wurscht.«
»Deinem Vater aber nicht.«
Nachdem er mich beim Friseur mehrmals bis auf die Knochen blamiert hatte – er betrat den Salon wie ein Schlachtopfer, aber eines, das die Bestimmungen des Tierschutzvereins genau studiert hatte, und

rebellierte bereits beim Eintritt gegen das Geopfertwerden –, übernahm ich das Schneiden selbst. Ich hatte darin genügend Erfahrung bei unserem Sascha gesammelt. Sobald der mich mit Kamm und Schere aufkreuzen sah, startete er eine wilde Jagd durch sämtliche Räume über Sofas, um jeden Tisch herum, unter Stühlen durch – bis ich ihn schließlich eingefangen und zwischen die Knie geklemmt hatte.
Philip bot mir dieselben Jagdfreuden. Wenigstens schnappte er nicht nach mir, wenn ich ihn einfing und mein Schnibbelwerk begann. Dafür pöbelte er.
»Feine Mutter! Mit der Hundeschere ihren eigenen Sohn.«
Ich ließ mir Beleidigungen gefallen, die man gar nicht wiedergeben kann. Egal. Hauptsache, ich hatte seinen krampfhaft gebeugten Kopf unter der Schere.
Nach dieser Prozedur verschwand er flu-

chend über den Zaun zum Joschi. Der sah ihn bloß an und wußte Bescheid: »Da war wohl deine Mutter am Werk!«
Er sprach aus Erfahrung. Daß diese Mütter ihre armen, netten Söhne nie zufrieden lassen konnten. Was hatten sie an ihrem Kopf zu suchen!? Immer mußten sie an ihnen herumfummeln.

Als nächstes gingen wir Hosen kaufen. Außerdem brauchte er Schuhe, deren Kappen nicht steinhart vom ständigen Kontakt mit Seewasser waren.
Wir setzten uns wie üblich in die Kinderabteilung, ich nannte der Verkäuferin seine Nummer vom Frühjahr. Philip streifte freiwillig die verwitterten Clarks ab – Schuhekaufen ging er gerne – und bewegte die Zehen in gestopften Socken mit fadenscheinigen, entfärbten Sohlen, dabei hatte er drei Paar neue, aber wenn wir

Schuhe kauften, überraschte er mich immer mit den ältesten Fetzen an seinen Füßen. Genierte ihn überhaupt nicht.
Die Größe vom Frühjahr paßte nicht mehr. Er stieß mit den Zehen vorne an.
»Tut mir leid«, bedauerte die Verkäuferin und verwies uns an die Herrenabteilung.
Herrenabteilung! Ich betrachtete erschüttert meinen grinsenden Sohn. Obenherum noch so grün und unten bereits Herr!
Anschließend besorgten wir das Flugtikket.
»Ist er schon zwölf?« wurde ich gefragt.
»Nein, aber nächstes Jahr«, sagte Philip. »Dann bin ich endlich kein ›child‹ mehr, sondern ein ›Mister‹!«
Irrtum, mein Sohn. Eine Schuhverkäuferin kann man nicht betrügen, wohl aber eine Fluggesellschaft. Du fliegst, solange es irgend geht, auf Kinderticket nach Berlin.

Philip ging endlich in die Oberschule wie Joschi und die anderen Großen, die er vom See her kannte, aber seine Freude darüber war kurz. Er bestand das Probevierteljahr nicht und mußte als Tagesschüler in ein Internat umsteigen, das bekannt war als Sammeltopf für Kinder mit Lernschwierigkeiten.

Der rabiaten Fuchtel seines Vorschulpaukers war er entronnen. Bei seinem kurzen Gastspiel im Gymnasium hatte er das Glück gehabt, an eine moderne, verständnisvolle junge Klassenlehrerin zu geraten. Nun stand ihm im Internat ein Herr Direktor bevor, der die Buben als »aus der Klapsmühle entlaufene Pubertätspinsel« bezeichnete, »die auf die Weide gehörten, wo ihre Brüder grasten«.

Philips kritischer Verstand meuterte gegen »diese Unverschämtheit. Na schön, ich bin ein schulischer Versager, aber deshalb

Philip schreibt einen Kondolenzbrief

noch längst nicht mit'm Ochsen verwandt!«

Von nun an spielte er in Herrn Direktors Stunden Schafskopf oder sehnte sich aus dem Fenster. Bei Föhn konnte er am anderen Ufer zwischen Bäumen eine Ecke von dem Haus erkennen, in dem wir wohnten.

Das Schlimmste an seiner »Strafversetzung« war wohl, daß er von nun an mittags nicht mehr nach Hause durfte. Er fühlte sich der besten Stunden seines Privatlebens beraubt. Wenn er gegen sechs Uhr abends heimkam, war es bereits dunkel und niemand zum Spielen mehr da, denn Joschi hatte sich, seit Philip im Internat eingebuchtet war, nach neuen Kumpanen umsehen müssen.

Dann kamen die Osterferien.

Die Klasse mußte im Gänsemarsch am Herrn Direktor vorbeidefilieren und ihm Frohe Ostern wünschen. Als Philip an die

Reihe kam, sagte er: »Frohe Ostern, auch wenn ich Sie nicht ausstehen kann.«
Eltern reisten an, um ihre Kinder abzuholen. Das Internat leerte sich bis auf diejenigen, für die man zu Hause keine Verwendung hatte. Die vergessenen Kinder.
Sie standen am Zaun und schauten den abfahrenden Autos nach. Manchmal wurden sie in den Ferien von ihren Schulfreunden eingeladen. So lernten sie Familienleben kennen. Wenn sie sich schlecht benahmen, durften sie nicht wiederkommen.
Wer – außer der Heimleiterin – hatte schon die Zeit und Kraft, sich mit diesen unerwünschten, ohne Liebe aufgewachsenen, gegen jede Ordnung rebellierenden schwierigen »Fällen« abzugeben, die für ihre Eltern nur als monatliches Ärgernis in Form eines Schecks existierten.
Unser Ferienjunge war dreizehn Jahre alt. Philip nahm ihn mit zu seinen Freunden

an den See, aber er bezeichnete ihre Spiele als Babyscheiß, während sie wiederum nur bedingt seine Freude an Pornoheften teilten.

Er war ihnen auch zu gewalttätig. Darum zogen sie sich von ihm zurück, und auch Philip ging ihm aus dem Weg, nachdem er ihm vom Steg aus ins Genick gesprungen war und ihn so lange unter Wasser gehalten hatte, bis eine Hausbewohnerin ihn befreite.

»Er wollte ihn ertränken!« berichtete sie mir aufgeregt.

»Bestimmt nicht.«

»Was dann?«

Tja, das war schwer zu sagen. Vielleicht hatte ihn eine plötzliche Wut gepackt, weil Philip ein fröhliches Zuhause hatte und er einen Vater, der sich nicht um ihn kümmerte, und eine Mutter, die schwere Alkoholikerin war.

Auch der Junge trank bereits und rauchte wie ein Schlot, wenn er stumpfsinnig vorm Fernseher hockte.
Ich nahm ihn überallhin mit. Wir gingen auch in ein Kino seiner Wahl. Das war das einzige Mal, wo ich ihn herzlich lachen hörte, und zwar über mich, die ich zwei Drittel des Films unterm Klappsitz hockte aus Furcht vor den Brutalitäten auf der Leinwand.
Meine Bemühungen, ihn für freundlichere Dinge als Mord und Porno zu interessieren, scheiterten. Dennoch gab ich mich der Illusion hin, daß er gerne bei uns war. Nach zwei Wochen kam seine große Schwester, von der er mir erzählt hatte, daß sie seit Jahren fixe, und holte ihn für den Rest der Ferien zu sich.
Er ging spürbar erleichtert mit ihr fort, ohne sich noch einmal umzusehen.

Jedes Jahr studierte der Herr Direktor vor Weihnachten ein frommes Theaterstück mit seinen Schülern ein. Selbige Dramen waren an die drei Stunden lang und wurden ohne Kürzer gespielt. Ihr Inhalt war immer Jesu Geburt, nur von verschiedenen Dichtern. Mitte November verteilte er die Rollen. Wer Auswendiglernen am besten konnte, bekam die längsten.
Mutter Maria war jedesmal die Gudrun. Ihr Gewand war immer das gleiche, wenn auch schon zweimal unten ausgelassen. In diesem Jahr würde es noch gehen.
Bloß der Joseph vom Vorjahr ging nicht mehr, er konnte nicht so schnell wachsen wie sein trautes Weib. Die beiden sahen nebeneinander nicht wie das heilige Paar aus, sondern wie Schneewittchen und ein Zwerg.
Außer den wenigen Schülern, die sich dank ihres Talentes zu Mimen berufen

fühlten, kriegte Herr Direktor von Jahr zu Jahr weniger freiwillige Akteure für sein Theater. Wer hatte schon Lust, seine Freizeit für Proben und Textlernen zu opfern!? Die meisten Schüler gingen auf Tauchstation, sobald er die Klassen auf der Suche nach einer Besetzung für die Nebenrollen durchforstete. Einzig die schwachen Schüler erklärten sich bereit, so auch Philip, der bei ihm Französisch lernte.

Er sagte sich, wenn ich ihm einen Gefallen tu und einen Hirten spiele, wird er mir auch einen Gefallen auf dem Zeugnis erweisen.

Als Hirte wurde ihm ein plüscherner Autositz umgeschnallt, ein Stab in die Hand gedrückt und zwei Seiten Text.

Den mußte er auf die Puppe mit den Schlafaugen niedersagen, die das Jesuskind darstellte.

In der übrigen Zeit stand er auf der Bühne

als Fußvolk herum und machte Blödsinn, um sich die Langeweile zu vertreiben.
Dann kam das Zwischenzeugnis und der Riesenärger: Herr Direktor hatte Philips freiwilligen Hirten bei der Beurteilung seiner französischen Leistungen nicht berücksichtigt.
Am nächsten Weihnachtstheater nahm er deshalb nur noch als Dekorationsmaler teil.
Mir war er als Hirte lieber gewesen, denn die blaue Farbe, mit der er den Himmel pinselte, ging selbst nach vielmaligem Kochen nicht mehr aus seinen hellen Jeans heraus. Er trug sie himmelblaugefleckt auf.

Philip entwickelte plötzlich Ehrgeiz. Er wollte unbedingt auf die Oberschule zurück.
Bei der ersten Prüfung fiel er durch. Im Jahr

darauf büffelte er sechs Sommerferienwochen lang mit einer Studentin Französisch. Das war nötig, denn dieses Fach hatte ja der Herr Direktor gegeben. (»Also, versucht euch das in euren Holzköppen zu merken: Die Franzensprache hat drei Nasallaute – öng, öng und öng!«)
Mit Schaudern denke ich an unsere morgendlichen Spaziergänge am Seeufer zurück. Wir benutzten sie als Schulstunde. Ich, blind stolpernd, weil mit der Lesebrille auf und Philips Biologie- oder Geographiebuch vor der Nase – er von vornherein in Reizstimmung gegen meine Abfragerei.
Seine Lust, mit mir zu streiten, war unerschöpflich, meine Geduld begrenzt. Die spanischen Gebirge flogen ihm an den Kopf. Während der nächsten hundert Meter gingen wir getrennt, als ob wir uns nicht kennten. Also bitte, wenn er nicht wollte – es war ja nicht meine Prüfung. Es

war seine, das sah er selbst ein und blieb irgendwann stehen, um auf mich zu warten, und sah dabei der Hündin zu, die mit federnden Sprüngen Enten jagte und ihrer flatternden Flucht in den See nachstürmte. »So'n Hund hat's gut. Mann, hat der's gut. Muß keine Vokabeln pauken und keine verdammten Reptilien. Darf so ungebildet sein wie er will und ist trotzdem ein Erfolg.«

An einem Freitag dem Dreizehnten fand die erste Prüfung statt. Ich fuhr Philip zur Schule, auf halbem Wege ging das Benzin aus. Seine Schritte entfernten sich eilig knallend auf dem Pflaster.
Jachelnd, mit Milzstechen fiel er in einen deutschen Aufsatz hinein. Eine Bildbeschreibung: Der arme Poet.
In deutschen Aufsätzen war er ein Schulleben lang auf Vieren abonniert. In der

zehnten Klasse schrieb ich mal einen Hausaufsatz für ihn, um seine Note zu verbessern.
Und was habe ich dafür gekriegt? Eine Vier und am Seitenrand viele rote Beanstandungen mit Ausrufungszeichen. »Stil!!« »Satzbau!!« »Am Thema vorbei!« Darunter stand: »Mäßig, mäßig!«
Von da an schrieb Philip seine Vieren wieder selbst.

Sechs Tage lang wurde er geprüft.
Meine Nervosität ging seiner Nervosität auf die Nerven. Es stand aber auch so viel auf dem Spiel. Wenn er diesmal wieder durchfiel, wenn alle Büffelei umsonst gewesen war, konnte es sein, daß er aufgab und sich die tröstenden Abschiedsworte seines Internatsdirektors zu Herzen nahm: »Du Stänker schaffst es nie. Dafür gebe ich dir Brief und Siegel.«

Philip hat es geschafft. Die Schufterei hatte sich gelohnt.
Jetzt durfte er wieder mittags nach Hause und nicht erst gegen sechs Uhr, wenn es keinen Wind mehr zum Segeln gab.
Ich bin mir manchmal nicht ganz sicher, ob das nicht der Hauptanreiz für ihn gewesen ist, die Prüfung zu bestehen.
Zur Belohnung schenkte ihm sein Vater einen elektronischen Taschenrechner. Joschi hatte auch schon einen. Gemeinsam tippten sie auf diesen Dingern herum.
Seither weiß ich, daß ich 0,0004756 Kilometer pro Sekunde im Jahr Auto fahre. Wieviele Minuten und Sekunden ich schon gelebt habe, lauter solche wahnsinnig wichtigen Sachen.
Das Ding errechnete auch, was ich pro Tag verdiente und regte Philip zu der Frage an: »Wieviel Stunden schläfst du so im Durchschnitt?«

»Am liebsten acht.«
Darauf rechnete er Jahresverdienst durch 365 Tagen durch 24 Stunden mal acht und pfiff kopfschüttelnd durch die Zähne. »Ist dir eigentlich klar, wieviel Geld du pro Nacht verpennst?«
Sein freches Mundwerk würde ihn nochmal in Teufels Küche bringen.

In einem Alter, in dem andere Knaben bereits Mädchen im Kopf hatten, beherrschte ihre Sinne ein Aluminiumspinner für OS-Motoren. Rotationskolbenmotorengeräusche ersetzten ihnen jede Beatmusik. Statt psychedelischer Beleuchtungseffekte glühte in ihren Zimmern das rote Lämpchen des Multiladers durch die Nacht. Statt Postern mit Pop und Mick Jagger klebten Konstruktionspläne an ihren Zimmerwänden.
Ihre Lieblingslektüre: Modellbaukataloge.
Ihre Unterhaltung: völlig unverständlich. Es ging da um Umpolaggregate, Varioprop 4-Kanal-Schaltbausteine 4,8 V, um Auspuffeinsätze der Drosselvorrichtungen und so fort.
Ihre Träume: ein ferngesteuertes, selbstgebasteltes Flugzeug für einen Kunstflug, mit Schwimmern ausgerüstet, damit es auch wassern konnte.

Natürlich wurde alles selbst gebaut. Wer es nicht glaubte, der sollte sich die angesägten Tische, die unausrottbaren Hartkleberkleckse und Ölfarben auf dem Parkett und die Sägespäne auf dem Teppich betrachten.
Ich war eine verständnisvolle Mutter, aber zwei Sachen habe ich schließlich strikt verboten: a) das Einlaufen eines neuen Benzinmotors innerhalb der Wohnung und b) das Hantieren mit Spannfiximmunfarbe in derselben. Das war ein zu strenger Duft, der schnitt mit Messern in die Nase und blockierte die Lungen, und es war ein Wunder, daß unser Wellensittich Ludwig ihn gesund überstanden hat.

Joschi und Philip nahmen jede Arbeit an, die honoriert wurde. Das Basteln von ferngesteuerten Flugzeugen und Autos war teuer.

Sie mußten auch ein hartes Fell haben. Denn überall, wo sie ihr Auto nur einmal fahren ließen, wurden sie verjagt.
Sie waren es gewohnt, daß man hinter ihnen herpöbelte, denn die kleinen Benzinmotoren machten einen Höllenlärm. Aber Spaß.
Kein Mädchen im Arm hätte ihnen ein so männliches Glücksgefühl verliehen wie eine 6-Kanal-Fernsteuerungsanlage, d.h. es gäbe ein noch größeres, eine 12-Kanal-Anlage. An die konnte man sechs Rudermaschinen anschließen – hoch-tief-rechts-links – Motor drosseln – Querruder einzeln bedienen und die Landeklappen, Mann!
Ihre Hände waren gar nicht mehr sauber zu kriegen, ihre Fingerkuppen breit und plump wie Hundepfoten, aber so sensibel und geschickt wie Uhrmacherfinger, wenn sie ein winziges Schräubchen festdrehen

oder einen haardünnen Draht verbiegen mußten.

Joschis und Philips Bastlerleben war aber auch des öfteren leider von Tragik umwölkt.
Das Flugzeug war fertig, der Motor eingelaufen. Der Ölfarbengeruch vom letzten Anstrich hatte sich aus der Wohnung verzogen. Der Tank war gefüllt. Das herrliche Modell von allen Seiten geknipst.
Nun folgte an einem windstillen Tag der Einsatz über Land. Eine wenig befahrene Straße zwischen Wiesen und Feldern diente als Startpiste.
Das Anwerfen des Flugzeugmotors war genauso eine Zufallssache wie das Anwerfen eines alten Außenbordmotors.
Manchmal klappte es beim ersten Versuch, und manchmal dauerte es eine Viertelstunde.

Meist klappte es gerade in dem Augenblick, wo sich ein Auto näherte.
Mit höflich-beschwörenden Gesten wurde es gestoppt. Fast immer hielt es von selbst, weil sein Fahrer zuschauen wollte, wie die kleine Maschine, von behutsamen Schaltbewegungen gelenkt, in die Höhe torkelte.
Nun flog sie ganz ruhig, surrte dabei wie ein Insektenchor an einem geschlossenen Fenster, gewann an Höhe, zog buntleuchtende Kreise, nahm Kurs auf eine Waldgruppe, schlug Loopings, turnte immer mutiger und tollkühner vor der Sonne, jagte eine Drossel in die Flucht, verschreckte seine Zuschauer durch einen in letzter Minute abgefangenen Sturzflug, zog wieder hoch – sagenhaft!
Auf der Straße unten standen verklärt blinzelnde Knaben mit der Fernsteuerung vorm Magen und fachsimpelten betont sachlich über Verbesserungsvorschläge

vor den Ohren ihrer beeindruckten Zuschauer.
Und dann – eine winzige Fehlsteuerung, ein Defekt am Flieger, ein Aussetzen des Motors – und die Maschine stürzte steil in die Tiefe.
Viele Arbeitsstunden und die gesamten Ersparnisse des letzten Jahres endeten mit der Schnauze in einem Kuhfladen.
Wenn sie Glück hatten, ließ sich das Ding noch einmal reparieren. Meistens nicht.
Aber bereits auf der Heimfahrt, mit den Flugzeugtrümmern im Kofferraum, überlegten sie schon wieder, was sie als nächstes bauen würden.

Eine gutgehende Nachbarschaft wird nach vier Jahren stillgelegt. Sie hatte mit dem gemeinsamen Marsch in den eisigen Aprilsee begonnen.
Bereits einen Monat später machten Philip und Joschi das erste größere Geschäft miteinander.
Das war nach einem sintflutartigen Wolkenbruch, der unsere nahe Bahnunterführung in einen See verwandelte. Anfangs hatten sie die mit Heckwelle anrauschenden Wagen gestenreich vor ihr gewarnt, aber welcher selbstbewußte Fahrer, der seiner Automarke gläubig vertraut, hört schon auf kleine Jungen.
Sie soffen einer nach dem anderen in der braunen Brühe ab, angelten sich bis zur Taille aus dem heruntergekurbelten Seitenfenster und schrien um Hilfe.
Joschi und Philip holten ein leckes Beiboot vom See, richteten damit einen Fährdienst

Zu einer Zeit, wo andere schon Mädchen im Kopf haben ...

von einem Straßenufer zum andern ein und erretteten die Fahrer aus Seenot. Dankbare Passagiere zahlten bis zu einer Mark.

Was als Gaudi, endlich einmal eine handfeste Überschwemmung zu erleben, begonnen und in echten Hilfseifer übergegangen war, artete nun zum Geschäft aus, das ihnen die Feuerwehr vermasselte, indem sie das Wasser aus der Bahnunterführung pumpte.

Am nächsten Tag erwischte ich sie dabei, wie sie mit Zeitungen und Lumpen die Gulliroste auszustopfen versuchten in der Hoffnung auf neue Überschwemmung und neuen Verdienst.

Sie sind zusammen gesegelt, gekentert, Ski gelaufen und haben so viel angestellt, wovon ich an meinem Schreibtisch nie erfahren habe.

Die dramatischste Zeit war wohl ihre Erfinderperiode, in die auch die selbstgebastelte Feuerwerksrakete fiel. Statt senkrecht in die Höhe, schoß sie wie ein Torpedo zwischen die Sonnenbader auf dem Steg.
Nach diesem Fehlstart begannen sie selbst, sich vor ihrem Eigenbau zu fürchten.
Vier Jahre lang schwamm ihre Phantasie auf der gleichen Wellenlänge. Joschi war der Leithammel gewesen, und Philip machte alles mit. Er nahm sogar den Gang des Älteren an und seine Redewendungen, nur nie seine Meinung.

Dann wurde Joschi fünfzehn und kriegte ein Mofa. Aber es war nicht nur das Mofa, das seinen Aktionsradius um etliche Kilometer erweiterte und von Philip entfernte. Als Joschi fünfzehn wurde, war da nicht mehr nur ein Altersunterschied von zwei

Jahren, sondern die Kluft zwischen einem Noch-Kind und einem Schon-Jugendlichen.
Joschi suchte nun ausschließlich die Gesellschaft Gleichaltriger, die genauso gärten wie er selbst.
Philip äußerte sich nicht dazu, reagierte nur vorbeugend aggressiv, als ich ihn einmal fragte, warum er nicht mehr zum Joschi ging.
»Na und? Na und?« fuhr er mich an. »So ist das nun mal. Man versteht sich – versteht sich nicht mehr so gut. Er wird schon wiederkommen – irgendwann – und wenn nicht, ist auch wurscht. Ich kenne inzwischen so viele andere Jungs. Na und –!?«
Die zwei quergenagelten Bretter im Zaun wurden nicht mehr benutzt. Die Hecke wuchs auf beiden Seiten langsam zu.
So hat alles seine Zeit.

Es ist schlimm, was die Pubertät einem Knaben antut – allein optisch.
Noch vor wenigen Monaten war Philip ein hübsches, fast zartes Kind.
Auf einmal paßte kein Glied mehr so recht zum anderen, so als ob sie nicht gleichmäßig gewachsen wären. Der schaukelnde, ungelenke Gang erinnerte an den einer jungen Dogge. Sein Teint an Streuselkuchen.
Auf die Nase schien ihn ein Insekt gepiekt zu haben, die Schwellung dehnte sich auch auf die Lippen aus.
Und seine Stimme – eine Blechtrompete, auf der einer blies, der noch übte. So unerwartet hoch und tief fielen die Töne aus ihr heraus.

Sein Vater, bei dem er ein paar Tage zu Besuch war, schilderte seinen Auftritt folgendermaßen:

»Kaum war er angekommen, schmiß er seine Teetasse um. Sein geöffneter Koffer fiel vom Stuhl mit dem Inhalt nach unten. Dem Hund trat er auf den Schwanz. Er hatte nicht nur zwei linke Hände und linke Füße, sondern auch einen linken Hintern, mit dem er sich aufs Fensterbrett setzte, und zwar auf die Gardine. Dieselbe machte oben ratsch und sank ihm ins Genick.

Ansonsten hatte ich den Eindruck, es mit einem Somnambulen zu tun zu haben. Ich sprach ihn an, er antwortete aus weiter geistiger Entfernung: ›Was is?‹

Ich bat ihn, die Garagentür abzuschließen. Er sagte okay und ging mit schleifenden Schritten los – anscheinend hat er Schwierigkeiten mit den Schuhsohlen beim Abheben – und vergaß auf halbem Wege, was er tun sollte. Beim dritten Anlauf klappte es endlich: Er erreichte die Garagentür,

sperrte sie zu und brach den Schlüssel im Schloß ab.
Es war das einzige Mal in drei Tagen, daß mir die Geduld gerissen ist. Ich brüllte ihn an und bereute sofort, denn sein Blick hatte so was von einem angeschossenen, zahmen Reh. Sein Blick ging mir durch und durch und er selber fort – ich lief ihm bekümmert nach und hörte, wie er ›Altes Arschloch‹ vor sich hinbrummte.
Ich verstehe, daß er sich in einem idiotischen Alter befindet. Aber das ist noch lange kein Grund, seinen Vater als Arschloch zu bezeichnen.«
»Er hat dich gar nicht damit gemeint«, versuchte ich unseren Sohn zu verteidigen. »Er hat sich einfach durch ein starkes Wort befreien müssen.«
»Immer nimmst du ihn in Schutz und läßt ihm viel zu viel durchgehen!«
»Ich bin im Krieg jung gewesen. Ich habe

mir damals geschworen, wenn ich mal ein Kind bekomme, dann soll es eine unbeschwerte, fröhliche, freie Jugend haben und sagen dürfen, was es denkt. Und keine Komplexe kriegen so wie wir . . .«

»Und wie soll er dabei lernen, mit dem fertig zu werden, was später auf ihn zukommt? Bei deiner laxen Erziehung ist er doch niemals den harten Anforderungen gewachsen, die eines Tages an ihn gestellt werden.«

»Dann hat er wenigstens das Fundament einer herrlichen Kindheit.«

Ich konnte unsere abgedroschenen Sprüche nicht mehr hören und hängte vorzeitig ein.

Und blieb nachdenklich vorm Telefon sitzen. Philips Vater hatte ja recht.

Ich ließ dem Jungen zuviel durchgehen. Keine Zucht und Ordnung in diesem Knaben.

Nehmen wir nur ein kleines Beispiel: das Durcheinander in seinem Zimmer.

Zwanzigmal am Tag sagte ich: »Räum deinen Schreibtisch auf! Häng deine Sachen weg! Mach endlich Ordnung!«, ohne penetrant darauf zu bestehen. Ich sagte es, er leierte: »Jaja« und ließ alles so, wie es war. Unordnung störte weder ihn noch seine Besucher.

Auf seinen Stühlen wuchsen Hosen, Hemden, Pullover, Zeitschriften, Turnbeutel, ein vergessener Schal von einem Mädchen, das ihn nicht vermißte, ein paar Handschuhe von einem Freund, Jacken, Socken und Schulbücher zu Bergen an.

Eines Tages räumte ich nichts mehr fort, sondern wartete auf den Moment, wo sich Skijacke und Schwimmweste auf einer Stuhllehne Grüß Gott sagen würden. Der Stuhl kippte vorher um. Da raffte Philip alles, was er mit zwei Armen fassen konnte, zusammen und stopfte es in einen Wandschrank im Flur. Weil er aber nie die Schranktüren richtig schließt, fiel das Chaos wieder heraus und lag nun auf dem Flur herum. Ich trat ihm darauf mit dem weisen Spruch: »Ordnung ist das halbe Leben« in die Seite, welcher ihn dazu veranlaßte, zum Gegenangriff überzugehen.

»Wenn du das weißt, Mami, weshalb verbringst du dann die Hälfte deiner Zeit mit Suchen? Nie kannst du deine Brille finden. Kein Tag, an dem du nicht deine Autoschlüssel suchst. Und den Herd hast du auch schon wieder angelassen. Seit einer Woche willst du mir den Knopf annähen. Warum hast du mir nicht gesagt, daß Toni angerufen hat? Hast du mir endlich Haarwaschmittel gekauft? Auch nicht! Du fegst mich an, daß ich nicht sofort die Gummistiefel auszieh, wenn ich heimkomme. Und wessen Dreckstapsen sind

das da – he? Deine. Und wenn ich mir deinen Schreibtisch anschaue ...«
Jetzt langte es mir aber, und ich schrie: »Hergottnochmal! Kein Mensch ist vollkommen!!!«
»Na bitte«, sagte er und ließ mich stehen.

Wie oft dachte ich in dieser Zeit an Bill und an die unendliche, für Außenstehende unbegreifliche Geduld, die sein Vater aufgebracht hatte, als er in die schwierigen Jahre der Entwicklung kam. Als er nur noch aus Protest und Rebellion bestand und um sich herum haßte und schlampte und von einer Schule zur anderen wechselte und wohl frühmorgens hinfuhr, aber selten ankam. Bill meuterte so lange gegen alles, bis er die Lust am Meutern verlor und ein älteres, vernünftiges Mädchen fand, eine Lehramtsanwärterin, mit der er in einem Abbruchhaus zusammenzog. Sie sorgte dafür,

daß er sein Studium auf einer Werbefachschule durchhielt.
Manchmal kam er nach Hause, und wenn ich ihn traf, trug er meine Einholtaschen vom Auto in die Wohnung. Und freute sich, Philip zu sehen, dabei völlig vergessend, wie schwer er ihm anfangs das Leben am See gemacht hatte.

Auf unserer Flurkommode stand ein alter englischer Puffhund. An ihn pflegten wir unsere Zettel mit Nachrichten wie: »Bin im Verlag. Rufe Dich an. Kuß Mami« oder: »Bin segeln. Komme um sieben. Bussis Philip« zu lehnen, außerdem Zettel mit Kochanweisungen, Aufträgen, Ermahnungen und Telefonnummern.
Zu Zeiten, in denen sich bei mir die Termine drängten, war dieser Nachrichtenhund unser wichtigstes Kommunikationsmittel. Denn es geschah immer häufiger, daß ich nach einer langen Nachtarbeit nicht die Kraft hatte, um halb sieben aufzustehen und Philip beim Frühstück Gesellschaft zu leisten.
Meist sahen wir uns erst, wenn er nach Hause kam und sein Essen herunterschlang, um sich so schnell wie möglich auf sein Rad zu schwingen und das Ufer nach greifbaren Freunden abzuradeln.

Dabei erzählte er einmal, Pudding schaufelnd, vom siebzehnjährigen Tom.
»Der ist vor drei Monaten einfach abgehauen. Kein Aas wußte, wohin. Jetzt ist endlich Nachricht von ihm gekommen. Aus Afghanistan. Er lebt da in einer Kommune.«
»Was sagen denn seine Eltern dazu?«
»Für die ist das natürlich'n Hammer. Aber sie sind ja selber schuld. Sie haben sich nie um ihn gekümmert.«
Mein mütterliches Gewissen bimmelte Alarm.
Am nächsten Morgen quälte ich mich um halb sieben aus süßem Tiefschlaf in die Küche, wo Philip, somnambul am Tisch lehnend, sein Yoghurt löffelte.
Er staunte mich verwundert an. »Was willst denn du schon?«
»Frühstück für dich machen.«
»Warum?«

»Afghanistan.«
»Mami, du spinnst. Erstens habe ich morgens keinen Hunger, und zweitens hau ich bestimmt nicht ab. Geh bloß wieder schlafen. Gute Nacht.«

Die hatte ich am selben Abend leider nicht, als ich aus München kam und einen Zettel am Puffhund fand: »Bin auf einem Fest. Morgen ist schulfrei. Mach Dir keine Sorgen. Dein Sohn.«
Um ein Uhr früh war er noch immer nicht zu Haus.
Und auch nicht um zwei.
Mach dir keine Sorgen.
Ich machte mir Sorgen und Gedanken.
Ließ ich ihm wirklich zu viel Freiheit? Glaubte ich ihm zu viel? Machte ich es ihm zu leicht und mir dadurch auch?
Dieses bodenlose Vertrauen war so bequem.

Was wußte ich überhaupt von meinem Jungen?
Jeder von uns lebte sein Leben, hatte seine eigenen privaten Interessen, Pflichten, Ambitionen und kleinen Schlampereien. Und seinen Föhn.
Wenn Philip heimkam, verbreitete er Unordnung, schwieg sich aus und fraß sich voll.
Mitteilungsbedürfnis blieb eine Rarität bei ihm. Und wenn es ihn wirklich einmal überkam, dann in dem Augenblick, da ich endlich meine Schreibunlust überwunden und einen geistigen Höhenflug hatte – ebenfalls eine Rarität.
Dann setzte er sich auf den Sessel neben meinem Arbeitstisch und sprach nicht etwa von sich, sondern von irgend etwas Technischem, das ihn faszinierte. Ich hörte ihm aufmerksam zu, er las aus meinem Blick das totale, sanfte Nichtbegrei-

fen, seine Begeisterung verlöschte wie das Licht im Kino. Er pflanzte einen Kuß auf mich und ging.
So lebten wir nebeneinander her bis zu den Momenten, wo das Schicksal bei uns anklopfte. Oder der Blitz einschlug in Form einer wahnsinnigen Steuernachzahlung, die in mir den Wunsch erweckte, in den See zu gehen.
Philip hielt mich nicht davon ab, er meinte nur, daß er es nicht so gern hätte, wenn er beim Segeln immer daran denken müßte, daß ich irgendwo unter ihm herumgeisterte, und er bot mir sein kleines Gespartes als Beihilfe an. Ich habe es natürlich nicht genommen.
Er hatte es manchmal nicht leicht mit seiner vom Terminstreß gescheuchten, mit einem fragilen Nervensystem ausgestatteten Mutter. Immer sah ich schwarz.
Und immer wieder zog er mich mit seinem

fröhlich grinsenden Optimismus aus meinem tiefen Tal. Schon frühzeitig kam mir der Gedanke, er nähme mein Existenzgejammer nicht ganz ernst.

Das mag an seinen Großvätern liegen, von denen der eine ein heiterer, weiser Genießer gewesen war und der andere ein erfolgreicher Irrenarzt. Beider Erbe kam ihrem Enkel im Umgang mit mir sehr zu Hilfe.

Inzwischen war es drei Uhr früh und Philip noch immer nicht zu Haus.

Trotz aller Sorge und Zweifel schlief ich ein und wachte erst durch das Bellen der Hündin auf.

»Scheißköter!« zischte Philips Stimme beschwörend. »Halt die Klappe!« (Sein Freund Andi hatte es gut. Der besaß eine Katze. Die bellte nicht, sondern schnurrte nur, wenn er sich zu spät ins Haus schlich.)

Morgensonne schien auf mein Bett.

»Philip!«

Aus seinem Zögern mit der Antwort entnahm ich, daß er am liebsten meinen Ruf überhört und in sein Bett getürmt wäre, aber ich ließ ihm keine Chance dazu. Ich rief noch einmal. Da erschien er ungern in meinem Türrahmen.

»Ach, Mami, du bist noch wach?«

»Weißt du, wie spät es ist?«

»Ehaja – so gegen drei.«

»Es ist bald fünf.«

»Doch schon?« Das war ihm unbegreiflich. »Wie die Zeit vergeht!«

»Findest du nicht, daß bald fünf ein kleines, verflixtes bißchen zu spät ist für einen Vierzehnjährigen?«

»Ich war auf'ner Party. Habe ich dir doch geschrieben.«

»Bis eben?«

»Nein. Vielleicht bis eins. Joschi war auch da. Wir haben uns lange nicht gesehen.«

»Ja und?«
»Ich bin dann mit ihm heim, und weil wir noch nicht müde waren, sind wir aufs Floß gegangen.«
»Bis halb fünf?«
»Frag den Joschi. War ja so warm. Und dann der Sonnenaufgang – irre!«
»Du Romantiker!«
»Mami, es stimmt wirklich. Warum soll ich dich anlügen?«
Meine Skepsis stimmte ihn ärgerlich. »Du mußt Vertrauen zu mir haben.« Und weil ich noch immer nichts sagte: »Schau mal, ich hatte ja auch immer Vertrauen zu dir.«

Ich lag noch wach, als die Morgensonne längst mein Bett verlassen hatte und nur noch das Fenster beschien und dann, alle Wärme mit sich nehmend, weiterwanderte.

». . . ich hatte ja auch immer Vertrauen zu dir.«
Seine Eifersucht nach der Scheidung, die jeden Mann betraf, mit dem ich zu tun hatte – meist war sie unbegründet . . . all die Notlügen, um ihn nicht zu enttäuschen . . . aber wenn er mich brauchte, bin ich immer dagewesen, er hat das reichlich ausgenutzt . . .
Wir waren aufeinander angewiesen . . . wen hatten wir schon im Notfall außer uns . . . wenn wir uns nicht aufeinander verlassen konnten, auf wen dann?
Psychologen hätten umsonst nach einem Ödipuskomplex bei Philip geforscht. Ich war keine in ihren Sohn verliebte Mutter. Ich war sein Freund, und er war mein Freund . . . er hatte Vertrauen zu mir, und ich hatte Vertrauen zu ihm.
Es war fast zu einfach . . .

Joschi und Philip trafen sich nun wieder öfter, nicht nur auf dem Schulweg, sondern auch jeden Abend, um ihre Hunde auszuführen. Gemeinsam war das nicht so langweilig.

Nach Saschas Tod bekam Philip eine vier Monate alte Afghanenhündin, mit der ihre Vorbesitzer nicht fertig geworden waren. Sie hatten sie deshalb als Kleinanzeige unter der Rubrik »Tiermarkt« in die Zeitung gesetzt. Eine handscheue, über die Maßen sensible, kapriziöse, aus einem Salzburger Rennstall stammende Naturkatastrophe.

Beim täglichen häuslichen Rennsport fegte sie unsere paar Antiquitäten zu Bruch und zerbiß mit ihren starken, spitzen Zähnen meinen letzten Nerv. (Nicht nur ihn.) Ihre Zähmung dauerte zwei mühsame, aufregende Jahre. Ich kam mir manchmal wie eine Dompteuse vor, aber eine ohne

Die neuen Nachbarskinder

Peitsche, sondern mit zähneknirschender Liebe – es ging nicht anders bei ihr.
Der komplizierteste Hund, den wir je hatten, auch der am meisten geliebte.
Joschis jungen Bernhardiner versuchte sie anfangs mit Raubtiergrollen in die Flucht zu jagen. Sie hatte schließlich ältere Rechte in dieser Gegend.
Auf den abendlichen Spaziergängen gewöhnten sie sich aneinander und wurden zu einer neuen Generation von Nachbarskindern, die sich stritten, zwickten, gegenseitig die Knochen klauten, gemeinsam ausbüxten und anschließend friedfertig nebeneinander auf der Wiese in Joschis Garten lagen.

Was Philips Freunde anbelangte – er blieb immer der Jüngste unter ihnen. Nicht ein einziger war in seinem Alter.
Auch die Mädchen, die er nun nicht mehr so schroff ablehnte wie bisher, waren mindestens zwei Jahre älter als er. Da er ob seiner Jugend noch nicht so recht bei ihnen landen konnte, diente er sich ihnen als seelischer Mülleimer an. Sie schütteten immer hinein.
Da war vor allem eine, die sich in den sechzehnjährigen Joschi verknallt hatte. Meiohmei – wie der Ski laufen konnte! Volles Rohr die vereiste Streif runter – ein Kamikazefahrer. Eine Schau, der Joschi.
Er hatte den Geschwindigkeitsrausch im Blut und kannte keine Angst. Beim Philip hatte die Vorsicht eine automatische Bremse eingebaut.
Philip, der erfahrene Ratgeber in allen Lebenslagen.

Joschis innere Bremse quietschte in dem Moment auf, wo sich ein Mädchen an ihn heranzumachen versuchte. Noch schüchterte er vor ihnen zurück.
Und das wiederum brachte die Verschmähten zur Verzweiflung, und sie riefen beim Philip, seinem nächsten Nachbarn, an und holten sich Seelsorge. Manchmal zog sich diese über Stunden hin.
Ich stand inzwischen in einer Münchner Telefonzelle von einem nervösen Fuß auf den anderen und versuchte verzweifelt – mit glühenden Groschen – daheim anzurufen, es war so dringend –!!
Und es war immer besetzt.
Warum mußten die Mädchen ausgerechnet über mein Telefon ihren Liebeskummer aussülzen! Warum????
Mädchen: Philip, ich bin ja so unglücklich! Was soll ich bloß machen?
Ph: Laß ihn zappeln.

M: Aber wenn ich ihn doch liebe?
Ph: Na und?
M: Nun sag doch mal!!!
Ph: Ich sag ja.
M: Was denn?
Ph: Du sollst ihn zappeln lassen.
M: Komm du mal in meine Lage, dann redest du anders.
Ph: Komm ich nicht.
M: Und warum nicht?
Ph: Weil ich sie zappeln lasse.
M: Und wenn es ihm piepegal ist, ob ich ihn zappeln laß oder nicht? Wenn er sich gar nichts aus mir macht?
Ph: Ja, das ist natürlich auch möglich.
M: Glaubst du ehrlich, er macht sich nichts aus mir?
Ph: Frag mich was Leichteres.
M: Hast du denn nicht mit ihm über mich gesprochen?
Ph: Nö.

M: Warum denn nicht?
Ph: Er hat ja nicht von dir angefangen.
M: Aber ihr sprecht doch über Mädchen?
Ph: Ja. Manchmal.
M: Habt ihr mal über die Michi gesprochen? Glaubst du, er hat was mit ihr?
Ph: Keine Ahnung.
M: Ich glaub, er hat was mit ihr. Ich bin ganz sicher.
Ph: Ja, wenn du sicher bist . . .
M: Ich überlege, ob ich ihn mal anrufen soll.
Ph: Warum? Würde ich nicht machen.
M: Aber er hat noch eine Platte von mir.
Ph: Also gut, dann ruf ihn an und sag, daß du deine Platte wiederhaben willst.
M: Meinst du, ich soll ihm sagen, daß ich das mit der Michi weiß?
Ph: Meinetwegen. Sag ihm, daß du ihn durchschaut hast und daß er dich mal kann.

M: Was?
Ph: Am Arsch, Mensch.
M: Moment. Das muß ich mir alles aufschreiben, sonst vergesse ich es wieder – Moment – bleib am Telefon, ja? Ich hol bloß was zum Schreiben . . .«
Und so fort und so fort.
Und da soll einer nicht wahnsinnig werden, wenn er bei sich zu Hause – *dringend* – anzurufen versucht!

Joschi hatte sich für einen Tanzkursus eingeschrieben, und Philip brachte ihn zur ersten Unternehmung interessehalber hin. Joschi kam sich ziemlich dämlich dabei vor. Irgendwie unmännlich. Allein die Idee, nach Vorschrift herumzuhopsen. Philip wollte sich ausschütten vor Lächerlichkeit.

»Vielleicht mußt du vor den Törtchen einen Diener machen!« krähte er.

»Ich mach keinen Diener«, schwor Joschi. »Glaubst du, ich bin blöd und mache einen Diener? Lieber kehr ich um.«

Zur gleichen Zeit mit ihnen erreichte ein Schulbus die Tanzschule. Aus ihm flatterten neun gackernde Hühner eines Mädcheninternats.

Ach, wenn sie wenigstens geflattert wären! Sie plumpsten leider aufs Pflaster, weil ab der Taille schwergewichtig. Jesus, was für Torten!

Philip ergriff Panik vor so viel massiver Weiblichkeit.
»Die darfst du jetzt rumschwenken, Mann!« griente er schadenfroh und riß aus.

Joschi hat uns später erzählt, wie es in der Tanzstunde zugegangen ist.
Der Lehrer und seine Gattin redeten ihre zwei Dutzend Schüler rhythmisch singend (sie konnten nicht mehr anders) mit »Meine Damen und Herren« an.
Die Damen mußten sich auf die Stuhlreihe links, die Herren rechts niedersetzen.
Dazwischen führte ihnen das Lehrerpaar als erstes den Walzer vor – einszweidrei und einszweidrei – mit zackigem Lächeln und weichen Schwüngen.
Keiner schaute ihnen zu. Es war ja auch keiner wegen der Tanzschritte gekommen, sondern wegen dem anderen Geschlecht.
Von Stuhl zu Stuhlreihe wurde gemustert.

Die Tollkühnen unter den Knaben hatten bereits ihre Wahl getroffen und fieberten in den Startlöchern.
Bei »los« stürmten sie die attraktivsten Exemplare der weiblichen Sitzreihe, wobei sie sich kreuz und quer über den Haufen rannten.
Die Schüchternen, zu denen Joschi gehörte, mußten mit dem vorliebnehmen, was übrig blieb.
Das führte zuweilen zu grotesken Höhen- und Gewichtsunterschieden. Und auch zu Unfällen. Zum Beispiel: wenn »einszweidrei – schön drehen – jawohl – die Damen das Köpfchen etwas mehr zurück – soo ist schön!« ein spillriger Herr seine pummlige, sich hintenüberlehnende Dame nicht mehr halten konnte und, das Gleichgewicht verlierend, mit ihr zu Boden ging.
Sechzehn- und siebzehnjährige Knaben haben die Grazie sowieso nicht mit Löffeln

geschluckt, eher Stöcke, die ihr Rückgrat versteifen. Sie trampsten wie Donald Duck und immer rauf auf die Füße ihrer Partnerinnen. Das sah man nachher an den Schuhen und blauen Zehen.

»Was hast denn du für eine?« erkundigte sich Philip beim Joschi.
»Die Schwester vom Huber aus meiner Klasse. Zum Tanzen geht sie ganz gut . . .«
»Und sonst?«
»Nix. Bei Damenwahl geh ich solange aufs Klo.«
Und vor und seit und rück und seit und vor – jawooohl – und jetzt die Herren . . .
Walzer – Foxtrott – Blues – Tango – Chachacha . . .
Das ging so über Wochen Mittwoch abends, bis der Kurs zu Ende war.
Es folgte der Abschiedsball mit Eltern. (Abendanzug.)

»Nun zeigt mal schön, wie parkettreif ihr geworden seid!«
Die Schüler zeigten himmelblau schwingende Grazie, aber auch herzzerreißendes Im-Kreis-Gelatsche bei hörbarem Zählen. Die Eltern zeigten sich gerührt: »Was für ein hübsches Paar!«
»Jaja, aus Kindern werden Leute.«
»Evi, zieh den Bauch ein.«
»Was ist denn der Vater von deiner kleinen Freundin?«
»Joschi, mußt du nicht mal die Mutter deiner Partnerin auffordern?«

»Und wozu hast du nun das ganze Rumgehopse gelernt?« erkundigte sich Philip.
»Tanzen gehört zur Allgemeinausbildung.«
»Ehrlich?«
»Stell dir vor, du mußt später mal die Frau

deines Chefs auffordern und kannst nicht tanzen.«

»Da hab ich Glück«, sagte Philip.

»Mei, bist du blöd!«

»Warum?«

»Weil es deiner Karriere schadet.«

Das leuchtete Philip langsam ein. Und darum beschloß er, sich in der nächsten Tanzsaison zu einem Rock 'n' Roll-Kurs anzumelden.

Ein halbes Jahr lang lebte Joschi verzehrend auf seinen achtzehnten Geburtstag hin.

Nicht etwa wegen der damit beginnenden Volljährigkeit. Auch nicht wegen der Wahlberechtigung oder der Möglichkeit, von jetzt ab seine Schulentschuldigungszettel selbst schreiben zu dürfen, sondern wegen dem Führerschein.

Joschi wünschte sich ein Motorrad.

Ständig hockte er nun mit Feuerstuhlbesitzern zusammen und ließ sich beraten. Klammerte auf Hondas, BMWs und Yamahas hintendrauf zwecks Probefahrt. Fand die Zwohundertfünfziger zu müde. Es mußte eine Fünfhunderter sein.

Wenn er sein Boot verkaufte und noch was von seiner Mutter zukriegte . . .

Ihren besorgten Einwänden begegnete er mit dem Argument: »Jahrelang bin ich Rad und Mofa gefahren. Dagegen hast du nichts gesagt, dabei ist das nicht weniger gefährlich!«

Philip beobachtete das Unternehmen Motorrad mit neidischem Abstand. Er wurde nicht mehr nach seinem Urteil gefragt. Fand nur mehr irgendwo am nachbarlichen Rande statt.
Zum erstenmal begriff er das ganze Ausmaß seiner erst sechzehn kümmerlichen Jahre.

Einen Monat vor Joschis Geburtstag wurde die Maschine geliefert und täglich poliert. Die Jungen wallfahrteten zu ihr, gingen bewundernd um sie herum und vor ihr in die Knie. Wollten mal den Motor hören. Meiohmei –! War das vielleicht ein Sound! Spitze!!
Da röhrten Urgewalten über den Zaun in meinen Mittagsschlaf. Joschi drehte Run-

den auf dem Hof und zählte die Stunden bis zum Führerschein.

»Heute ist er in München und kauft den Anzug«, sagte Philip, neben meinem Schreibtisch stehend.
»Du mußt auch dringend einen haben«, sagte ich abgelenkt, weil tippend. »Aus dem alten bist du jetzt wirklich herausgewachsen. Du kannst nicht ständig in Jeans . . .«
»MannohMami!« stöhnte er auf. »Doch nicht solchen Anzug!« und ging davon.
Da erst begriff ich, was für einer gemeint war.
Und schämte mich.

Er war aus nachtblauem Leder.
Als Joschi kurz nach seinem achtzehnten Geburtstag nachtblaulederknirschend vor unserer Türe stand, den orangenen Zweit-

kopf unterm angewinkelten Arm, verschlug es mir die Sprache. Das war doch nicht der Nachbarsjunge, den ich schon so lange kannte.
Das war ein Mannsbild, das nur so vor Kraft dampfte.
»Philip da?«
Er kam schon aus seinem Zimmer und wirkte unscheinbar knabenhaft neben diesem herrlichen Ledertum.
Und auf einmal hatte ich Angst.
»Du fährst nicht mit, verstanden?«
Er litt. Mein mütterlicher Aufschrei war ihm peinlich.

Natürlich ist er mit Joschi gefahren. Ich hatte nichts anderes erwartet. Er mußte die Wonnen auf einem Feuerstuhl ja einmal kennenlernen.
»Super!« schwärmte er hinterher. »Die Maschine hebt ab wie ein Flugzeug – es

wird ein Gegendruck erzeugt, der immer mehr Schnelligkeit herausfordert – es ist wie ein Rausch. Saaagenhaft!«

»Na schön«, erklärte ich, »jetzt hast du's erlebt. Aber noch bist du nicht volljährig. *Noch* habe ich etwas zu sagen. Und ich sage dir, bevor du Motorrad fährst, machst du eine Woche Dienst in einem Unfallkrankenhaus.«

»Jaja«, unterbrach er mich ärgerlich, »ich kenne deine Dramatik.«

Er ist dann lieber nicht mehr beim Joschi hintendrauf gesessen, sondern wieder segeln gegangen, aber nur bei Sturm. Sonst war ihm dieser Sport inzwischen zu langweilig.

Manchmal wundert man sich als Mutter wirklich, wie man diese Knaben unbeschadet großkriegt.

Wenn Joschi, übers Lenkrad geduckt, mit

angeschaltetem Scheinwerfer und seinen Brüdern-im-Rausch meinen Wagen wie ein Schwarm wildgewordener Hornissen überholte und einfach stehen ließ – ich fuhr hundertsechzig –, dann fragte sich mein psychologisch halbgebildeter Verstand: Was müssen diese Straßendüser eigentlich abreagieren?

Haben sie Komplexe? Rebellieren sie auf diese Weise gegen ihr mit Konventionen, Gesetzen und verhaßten Pflichten gepflastertes Alltagseinerlei? Geht es ihnen zu gut oder zu mies? Ist es Spielleidenschaft? Drogenersatz? Fordern sie süchtig ihr Schicksal heraus?

Bei Joschi war es wohl vor allem der Glücksrausch der Geschwindigkeit.

Er kannte ja keine Angst.

Ich kannte sie und hatte mir trotzdem immer wieder Mutproben abverlangt ohne Rücksicht auf die möglichen Folgen. Nur

um mir selber zu beweisen, daß ich mich traute. War das vielleicht vernünftiger? Ich wußte immerhin um die Gefahren, in die ich mich einließ . . .
Inzwischen war mein Hasenherz in die Jahre gekommen und durch nichts mehr zu bewegen, Achterbahn zu fahren, in klapprige Kleinflugzeuge zu steigen und schon gar nicht – Gotteswillen! – auf ein Motorrad hintendrauf.

Eines Tages Anfang Juni beschloß Joschi ein Fest zu geben. Ohne besonderen Anlaß. Einfach so.

An sich überließen sowohl er als auch Philip das Partyausrichten lieber anderen. Sie scheuten die Vorbereitungen und vor allem die Aufräumerei hinterher. Es boten sich zwar genügend Mädchen an, die ihnen dabei helfen wollten. Aber wenn es soweit war, hockten sie auf dem Tisch, baumelten mit den Beinen und schauten zu, wie die Knaben saugten und mit triefenden Wischlappen unterm Schuhabsatz Spuren verschoben.

Nun auf einmal gab Joschi ein großes Fest. Als ob er etwas geahnt hätte, sagten wir hinterher. Als ob er noch einmal all seine Freunde um sich versammeln wollte . . .

Philip half ihm bei den Vorbereitungen. Beim Einkauf en gros, beim Salatschnipseln. Sie quirlten auch ihre Grillsoßen selbst, einer dabei immer hilfesuchend am Telefonhörer: »Und was kommt jetzt noch dran? Was für Gewürze? – Mami, hast du Sauercreme im Haus? Können wir den haben?«

Joschis Mutter war selbstverständlich verreist. Eltern hatten auf ihren Festen nichts zu suchen.

Außer meiner crème fraiche wurde noch meine Stereoanlage eingeladen.

Ihre Lautsprecher dröhnten über die Ufer, bis schlafgestörte Anwohner die Polizei alarmierten. Da verzog sich die Musik nach drinnen.

Ich packte in jener Nacht unsere Koffer für Berlin und hörte dabei die an- und abfahrenden Motorräder und Mofas, die noch blechern klingenden Jungenstimmen und Mädchenlachen. Einer erbrach sich mit Gestöhn im Garten.

Gegen fünf Uhr früh stieg Philip über den

Zaun und direkt in mein startbereites Auto.
»Wie war's?«
»Och, ganz lustig so«, meinte er und verschied, zufrieden lächelnd, mit der Hündin als Kopfkissen, auf den Rücksitzen. Wachte erst an der Zonengrenze wieder auf.
Sechs fröhliche Pfingsttage lang blieben wir in Berlin.

Sein erster Gang nach unserer Rückkehr war zum Joschi, um unsere Stereoanlage heimzuholen.
Er blieb eine Weile drüben. Dann hörte ich ihn die Wohnungstür aufsperren und die Anlage samt Boxen hereinschuften. Und war verärgert.
»Wenn er sich das Ding borgt, kann er dir auch beim Tragen helfen.«
»Kann er aber nicht«, sagte Philip, die An-

lage im Wohnzimmer anschließend, und fügte nach einer stummen Weile hinzu: »Vielleicht überhaupt nicht mehr.«
»Wieso? Ist was passiert?«
»Ja.«
»Ist er verunglückt?«
»Gestern nachmittag.«
»Schlimm?« Und weil er nicht antwortete, fuhr ich ihn an: »Herrgottnochmal, so sag doch was!«
Philip sagte: »Seine Mutter ist total fertig. So hab ich die noch nie erlebt. Wie die sich Vorwürfe macht wegen dem Motorrad . . .«
Das war Philips Art, ein Unglück mitzuteilen.
Er ließ mich stehen und ging auf den Balkon hinaus. Ich folgte ihm.
Über dem seltsam hell und golden beleuchteten Ostufer hing ein Gewitter.
Der See war spiegelglatt, kein Blatt regte

sich. In dem dunkelvioletten Himmel schwangen Möwen.
Und ihre Floßhütte da unten, auf der Hansi sein Angelzeug zusammenpackte, im letzten Sonnenstrahl . . .
Man sieht in solchen Augenblicken so viel und vergißt es nicht.
»Aber er kommt doch durch?« fragte ich Philip.
»Ja, vielleicht . . .«

Joschi war am vergangenen Nachmittag die 36 Kurven des Kesselbergs zum Walchensee hinaufgeschossen und wieder zurück, es war die beste Rennstrecke für Motorräder im weiten Umkreis. Auf der Heimfahrt kurz hinter Tölz hatte ein Gewitter eingesetzt.
In einer regennassen Kurve geriet seine Maschine ins Schleudern und raste unter einen entgegenkommenden Lastwagen.

Die Sanitäter, die ihn wenig später hervorzogen, gaben ihm keine Chance mehr. Er hatte vier Liter Blut verloren, zerschmetterte Arm- und Beingelenke und Nierenbluten.
Acht Tage lang war nicht sicher, ob er überleben würde. Daß er überlebt hat, verdankte er dem Zufall, in der Nähe eines der besten Unfallkrankenhäuser verunglückt zu sein.
Als er zum ersten Mal mit seiner Mutter sprach, die kein Arzt und keine Schwester aus dem Krankenhaus vertreiben konnten, versicherte er ihr: »Mach dir keine Vorwürfe. Ich hätte die Maschine auch gegen deinen Willen angeschafft. Ich mußte sie einfach haben . . .«
Wenn der Junge von nebenan schwer verunglückt, kommt der Moment, wo selbst die abgehärtetsten mütterlichen Nerven durchbrennen.

Philip hatte es in den nächsten Wochen schwer, und nicht nur er. Überall im Umkreis predigten aufgeschreckte Eltern: »Fahr vorsichtig! Denk an Joschi. Bitte, paß auf. Ihr Jungs glaubt immer, es trifft nur die anderen, nie euch selbst. Versprich mir vorsichtig zu fahren. Hörst du überhaupt zu???«
Am liebsten hätte ich sein Mofa im See versenkt.

Auf der Autobahn Richtung München spielte ich eine Kassette, die Philip neu für mich aufgenommen hatte. Plötzlich brach die Musik ab, und seine Stimme sagte: »Fahr vorsichtig, Mami. Denk an Joschi. Bitte, paß auf. Ihr Erwachsenen glaubt immer, es trifft nur die Jugend, nie euch selbst. Versprich mir, vorsichtig zu fahren. (Kleine Pause, dann:) Jetzt hörst du mal, wie das klingt, was du mir täglich in die

Ohren geigst. Glaubst du wirklich, das hat einen Sinn? Entweder man fährt von allein vorsichtig oder nicht. So, und nun nerv mich nicht mehr pausenlos mit deiner Angst. – Servus, Mami. Bist du angeschnallt?«

Ich sagte folgsam »Ja« zu der Kassette, die nun wieder Musik spielte.

Schach!

In den letzten Jahren hatten sie nicht mehr so viel zusammengehockt wie früher. Sie waren halt Nachbarjungs, die morgens gemeinsam zur Schule fuhren und abends gemeinsam ihre Hunde ausführten, und wenn sie etwas voneinander wollten, eben mal schnell zum anderen über den Zaun stiegen.

Aber nun, wo Joschi nicht mehr da war, stellte Philip täglich etwas anderes fest, wobei er ihm fehlte. Es würde eine Weile dauern, bis diese Lücken zur Gewohnheit wurden.

Als Joschi nach Wochen zum erstenmal Besuch von Freunden haben durfte, war Philip einer der ersten.

Sosehr er sich freute ihn wiederzusehen, wohl war ihm nicht dabei. Wer weiß, wie der Unfall ihn äußerlich verändert haben mochte.

Aber es war nicht so schlimm, wie er befürchtet hatte, es war ja nun alles verbunden.

»Wie geht's ihm?« fragte ich, als er von diesem ersten Krankenbesuch nach Hause kam.
»Och, bißchen besser.«
»Und was sagt er?«
»Na – eben so.«
»Philip!« Sein ausgeprägtes Mitteilungsbedürfnis brachte mich manchmal zur Verzweiflung. »Nun erzähl endlich! Ich will nicht ständig seine Mutter anrufen, um mich nach ihm zu erkundigen.«
»Also – er kann sich an den Unfall nicht mehr erinnern.«
»Und sonst?«
»Aus dem Krankensaal ist er raus. Er liegt jetzt mit einem alten Mann zusammen.«
»Und?«
»Seine Arme sind schon operiert. Jeder vier

Stunden lang bei örtlicher Betäubung. Joschi hat alles mitgekriegt. Und hinterher kaum was gegen seine Schmerzen, weil sie sich noch nicht trauen, ihm so viel zu geben.«

Philip meinte, damit ausreichend berichtet zu haben und wollte sich verdrücken. Vergebens.

»Hat er sich gefreut, daß du gekommen bist?«

»Nee, natürlich nicht.« Manchmal stellten Frauen auch zu blöde Fragen.

»Hast du ihm was mitgebracht?«

»Eis aus Tölz. Aber das war ein Fehler. Das war schon Soße, bis ich bei ihm ankam. Und dann mußte ich ihn füttern, weil er doch kein Glied rühren kann.« Er grinste. »Das wurde vielleicht 'ne Kleckerei. Die Schwester wird fluchen.«

Ehe ich die nächste Frage stellen konnte, hatte er sich unsere Hündin gegriffen und brachte sie aufs Nebengrundstück, wo Joschis Bernhardiner die Baumkronen anheulte – vor Verlassenheit, wie ich annahm.

»Schmarrn«, sagte Philip, »aus Liebeskummer. Die Hündin vom Hansi ist läufig.«

Wenn er nicht da war, brachte ich selbst unser Afghanenmädchen nach drüben.

Dabei fiel mir einmal in der offenen Garage ein zusammengedrückter Klumpen Metall auf. Es brauchte eine Weile, bis ich begriff, daß es sich um Joschis einstmals so stolze Maschine handelte.

Er hatte darauf bestanden, daß diese schauerliche Abstraktion aufgehoben wurde – als eine Art Denkmal. Es sollte ihn immer an das Wunder erinnern, überlebt zu haben.

Zum ersten Mal war Joschi für Monate aus seiner heilen Welt gerissen.
Anfangs lag er mit Jugendlichen zusammen, die versucht hatten, mit motorisierter Gewalt aus ihrem Alltagsallerlei – Fabrik und nach Feierabend der elterliche Hof – auszubrechen. Sie drehten tüchtig auf und landeten im Spital. Und das kurz vor der Heuernte.
Eine Zeitlang war ein Automechaniker Joschis Bettnachbar. Durch seinen Unfall würde er nie mehr den Beruf ausüben können. Joschi erlebte seine Existenzangst mit.
Alle drei Wochen kam seine Familie angereist. Die kleinen Kinder standen stumm und verlegen an seinem Fußende, während die Frau sich freiklagte. Der Ärger mit der Versicherung. Großvater krank, ausgerechnet jetzt, wo man ihn dringend brauchte. Rohrbruch im Keller. Die Zah-

lungen für das Bankdarlehen wurden fällig – woher nehmen und nicht stehlen!? Früher hatte der Mann mit Schwarzarbeit zuverdient. Das fiel ja nun weg.
Aus allem, was die Frau aus sich heraussprudelte, klang indirekt der Vorwurf mit: Du liegst hier untätig rum, und ich weiß nicht, wo mir der Kopf steht vor Sorgen und Arbeit.
Dazu die Angst vor dem Tag, an dem er nach Hause entlassen wurde – pflegebedürftig. Sie hatte sich ihr Leben anders vorgestellt.

Joschi sah und hörte viel in diesen ersten Wochen im Krankensaal. Wann war er je vorher mit der sozialen und seelischen Not anderer in Berührung gekommen?
Er dachte über sein bisheriges Leben nach. Besonders über das Glück, das für ihn immer eine Selbstverständlichkeit gewesen

war. Behütet, sorglos, fröhlich und ein bißchen weltfremd war er aufgewachsen. Die Probleme der Erwachsenen waren von ihm ferngehalten worden bis zum Tod seines Vaters. Aber auch danach gab es keine wesentliche Veränderung seiner Umwelt bis auf die Einsicht, etwas vernünftiger zu werden und ein bißchen fleißiger in der Schule, um seiner Mutter so bald wie möglich im Betrieb helfen zu können.
Zum ersten Mal hatte es ihn jetzt massiv erwischt, und das auch nur aufgrund seines Leichtsinns: was mußte er mit achtzig in eine regennasse Kurve gehen! Aber selbst dabei hatte er Glück gehabt. Er überlebte. Sein Rücken war unversehrt geblieben, der Helm zwar zertrümmert, aber er hatte seinen Kopf vor schweren Verletzungen geschützt. Es bestand die Hoffnung, daß er in etwa drei Jahren beinahe so gut würde laufen können wie vor seinem Unfall.

Joschi bedauerte sich nicht. Irgendwann mußte jeder in seinem Leben für die lustigen Zeiten bezahlen. Aber der Andi aus dem Krankensaal, der niemals welche gekannt hatte, wofür bezahlte der mit seiner Querschnittlähmung?
Wieso hatten die einen so viel Glück im Leben, und die anderen kamen nie aus ihrem Pech heraus?
Eine Zeitlang lag ein alter Mann neben ihm, der schob diese ungerechte Verteilung von Glück und Pech im Leben den Sternen in die Schuhe, unter denen einer geboren wird. Joschi befriedigte seine Erklärung wahrlich nicht. Manchmal, in sehr deprimierten Momenten – sie blieben nicht aus –, beneidete er seine Freunde. Nicht um ihre Gaudi am See, sondern um die Selbstverständlichkeit, sich mit heilen Gliedern in einer gesunden Gemeinschaft bewegen zu dürfen.

Er dachte in diesen Monaten mehr nach als all seine Freunde in ihrem bisherigen Leben zusammen. Und manchmal fragte er sich, ob er sich wohl in ihrem unbeschwerten Kreis noch zurechtfinden würde.

Anfangs hatten sie sich darum gerissen, ihn zu besuchen. Nun kamen sie immer seltener – kein Wunder, sie hatten Schule und bereits Mädchen, und der Weg zu ihm war weit.

Aber immer dann, wenn er zu fürchten begann, sie könnten ihn vergessen haben, stand plötzlich einer von ihnen in der Tür und freute sich selbst darüber, daß er endlich da war.

Am häufigsten kam Philip angereist. Er stieg in jede Gelegenheit mit ein, die Richtung Joschi fuhr.

Sie spielten Schach miteinander. Inzwischen war sein rechter Arm so weit geheilt, daß er die Figuren selber setzen konnte.

Philip beobachtete voll Staunen, daß Joschi jede kleinste selbständige Leistung wie ein Geschenk empfand. So bescheiden und dankbar war der doch früher nie gewesen. Und wann je hatte ihn das Schicksal anderer Menschen so berührt, daß er immer wieder davon sprechen mußte. Über gemeinsame Bekannte hänseln konnte man auch nicht mehr mit ihm. Er nahm jede Schwäche in Schutz. Der reinste Sankt Joschi.

Aber wenn er ihm vorführte, was er mit diesem unförmigen Ding, das sein Knie war, alles anstellen konnte – es ließ sich nach rechts und links schieben und hatte noch keinen Kontakt mit dem Schienbein –, wurde Philip grün im Gesicht und mußte sich abwenden. »Mensch, laß

den Blödsinn, ich kann so was nicht sehen!«
Und dann lachte Joschi wie früher.

Seine Mutter hatte ihm erklärt: »Solltest du die Absicht haben, wieder auf ein Motorrad zu steigen, dann bitte erst, wenn du eine Frau hast, die dumm genug ist, monatelang täglich über Land zu fahren, um an deinem Krankenbett zu sitzen. Ich nicht. Mir reicht's.«
Er wollte auch gar nicht mehr. Bestimmt nicht. So schön es gewesen war. Wenigstens tagsüber wollte er nicht. Aber nachts, in seinen lebhaften Träumen, raste er noch immer wie besessen den Kesselberg herauf und herunter und legte sich einmal so tief in eine Kurve, daß er aus seinem hohen Krankenhausbett auf den Fußboden fiel.
Das war kurz nach Philips Besuch, von

dem er mit der Neuigkeit heimgekommen war: »Nächste Woche fängt der Joschi mit dem Üben auf Krücken an. Und wenn er das kann, dann darf er bis zur nächsten Operation nach Hause.«
Nach diesem nächtlichen Rennen und dem Sturz aus dem Bett war die Hoffnung auf Heimkehr für weitere Monate dahin. Zum ersten Mal war Joschi sehr verzagt.

Im November durfte er einmal für ein Wochenende heim.
Ich sah von meinem Schreibtisch aus den Krankenwagen aufs Nebengrundstück fahren und Sanitäter, die Joschi ins Haus trugen.
Wenig später ging das Telefon, und Philip, schon auf dem Weg zur Wohnungstür, rief mir zu: »Ich geh rüber.«
Er bog die hochgewucherten Büsche am Zaun auseinander, stieg auf die erste Quer-

latte und sprang den Rest nach drüben. Es war wie früher – bis auf einen kleinen Unterschied: Philip war inzwischen siebzehn. Das war mir zwar datenmäßig bekannt, aber in diesem Augenblick wurde es mir auch optisch bewußt:
Der hatte ja breite Schultern wie ein Mann.
Und es zipfelte kein Hemd mehr aus seinen Jeans.
Fremde sagten ganz selbstverständlich Sie zu ihm.
Wenn ich mir vorstellte, daß ich den mal gewindelt hatte!
Wann begreift eine Mutter endlich, daß ihr Kind kein Kind mehr ist? Ich glaube nie, das merke ich an meiner eigenen.

Philip war also beim Joschi. Joschi zum erstenmal seit Juni wieder am See, der trübsinnig grau und ohne Horizont wie eine lange Bucht zum Meer verwischte.

An diesem Samstag versammelten sich alle erreichbaren Freunde bis in die späte Nacht um ihn.
Philip war bereits zum Frühstück wieder drüben und blieb, bis am Sonntag nachmittag der Krankenwagen kam und Joschi abholte. Sein Urlaub war vorüber.

Ein Jahr später.
Philip und Joschi fuhren nach Berlin. Fünf Tage lang wollten sie was erleben. Am zweiten waren sie wieder da und Joschi für Wochen im altvertrauten Krankenhaus. Er hatte seine mühsam geflickten Haxen überanstrengt.
Gleichzeitig kurierte ich eine Knocheneiterung nach einer mißlungenen Fußoperation aus. Das war nun auch schon mein dritter Krankenhausaufenthalt in wenigen Monaten. Ein Glück, daß Philip inzwischen seinen Führerschein hatte.

Er reiste von Spital zu Spital, die Hosentaschen voller Zettel mit unseren Aufträgen, die er erledigen mußte, auf dem Rücksitz unsere Hündin, vorwurfsvoll.
Sie litt an fehlendem Auslauf und an Philips magerer Küche. Jeden Mittag klatschte er eine halbe Dose Schappi in ihren Napf – das war ihr zu wenig. Sie wurde notgedrungen zum Selbstversorger, indem sie Steaks und Bouletten aus den Pfannen seiner Freunde klaute, zu denen er sie mitnahm. Philip mußte sie immer dabeihaben, denn zu Hause heulte sie ihre Verlassenheit voll aus dem Halse. Und unseren Nachbarn fehlte das musikalische Verständnis für ihren herrlichen dramatischen Sopran.
Irgendwann habe ich einmal geschrieben, daß es riskant ist, nur eine Mutter zu haben, denn wenn sie ausfällt, kann die Familie zumachen.

Philip machte nicht zu, aber ich stellte im Verlaufe seiner Krankenbesuche zunehmende Anzeichen von Streß bei ihm fest.

Er fühlte sich durch Haushalt, Hund, Schule, Spitalreisen, Hausaufgaben und durch die abendlichen Zusammenkünfte mit seinen Freunden bei uns – mein Wohnzimmer muß ein gutgehendes Lokal gewesen sein – überfordert, und seine Erleichterung wirkte aufrichtig, als er mich zum dritten Mal aus dem Krankenhaus abholte.

Joschi wurde zur gleichen Zeit entlassen. Er am Stock humpelnd, ich mühsam lahmend – Philip sah uns einmal nebeneinander herhatschen und meinte, er, der nur an chronisch schiefen Absätzen leide, kriege langsam einen Fußkomplex.

»Und woher kommen die schiefen Absätze? Weil du einen Gang hast wie ein oller Rittmeister. Du mußt dringend zum Orthopäden«, sagte ich, und Joschi gab mir recht.

»Ihr mit euern Ärzten«, stöhnte er, »ich kann's schon nicht mehr hören.« Und floh. Apropos Rittmeister. Habe ich eigentlich erzählt, wie die beiden sich vor Jahren mit Stallarbeit Reitstunden verdienten? Sie stiegen fünfmal skeptisch auf und danach für alle Zeiten wieder ab. Denn so ein Pferd ließ sich nicht schalten und technisch steuern, das war ein Lebewesen und machte mit ihnen, was sie nicht wollten. Und das ließen sie sich nicht gefallen.

Eines Morgens kam das Einschreiben, das die Kündigung unserer Wohnung enthielt. Ihre Besitzer meldeten »Eigenbedarf« an, wie das amtssprachlich so heißt.
Ich mußte mich nach einem neuen Zuhause für uns umsehen. Es gab im Umkreis kaum etwas Passendes zu mieten und schon gar nichts mit Hund.
Zur gleichen Zeit stand Joschis Elternhaus zum Verkauf. Die Zeit am See ging für beide Jungen zu Ende.

Ich erinnere mich an den Abschiedsmorgen im Februar, an den letzten Blick vom Balkon, während hinter mir die Möbel herausgetragen wurden.
Ein opalschimmernder See mit einer verhangenen Morgensonne über dem jenseitigen verschneiten Ufer. Mittendrin eine stumpfe Insel aus Eis, darauf die bewegungslosen Silhouetten der Bleßhühner.

»Wie lange haben wir eigentlich hier gewohnt?«
»Neun Jahre.«
Neun unvergeßliche Jahre für Philip in dieser besonderen Freiheit, die Aufwachsen am See bedeutet.
»Ach, Scheiße«, sagte er neben mir.
Ihm fiel es vielleicht noch schwerer als mir, von hier fortzugehen.
Aber irgendwann wird jeder aus seinem Paradies vertrieben. Was für ein Glück, wenn er überhaupt eins gehabt hat, an das er sich erinnern kann, wenn er es später einmal braucht...

Vorm Ufer ankert noch immer ihre Floßhütte.
In den letzten Jahren hat Hansi sie mit seinen Freunden bewohnt. Nun gehört sie einem alleinstehenden, flügellahmen Schwan.

Etwas, woran sie sich immer erinnern werden

Die Hausbewohner wollen sie endlich entfernen lassen. Sie sagen, sie hätten lange genug diesen Schandfleck ertragen. Er beeinträchtige ihren Seeblick. Und wo es eh hüben und drüben keine kleinen Buben mehr gibt...
Ich würde sie so gerne mitnehmen. Aber wer nimmt uns schon mit Hund und Floß!?